소년 프로파일러와
도박의 유혹

소년 프로파일러와 도박의 유혹

청소년 추리소설 십대들의 힐링캠프, 중독

[십대들의 힐링캠프®] 시리즈 NO.61

지은이 ㅣ 박기복
발행인 ㅣ 김경아

2023년 3월 20일 1판 1쇄 인쇄
2023년 3월 27일 1판 1쇄 발행

이 책을 만든 사람들
책임 기획 ㅣ 김경아
기획 ㅣ 김효정
북 디자인 ㅣ KHJ북디자인
표지 삽화 ㅣ 발라
경영 지원 ㅣ 홍종남
기획 어시스턴트 ㅣ 홍정훈, 한선민, 박승아
제목 ㅣ 구산책이름연구소
책임 교정 ㅣ 김윤지
교정 ㅣ 김경미, 이홍림, 주경숙, 김윤지

이 책을 함께 만든 사람들
종이 ㅣ 제이피씨 정동수·정충엽
제작 및 인쇄 ㅣ 천일문화사 유재상

청소년 기획위원
정가인, 양태훈, 양재욱

펴낸곳 ㅣ 행복한나무
출판등록 ㅣ 2007년 3월 7일. 제 2007-5호
주소 ㅣ 경기도 남양주시 도농로 34, 301동 301호(다산동, 플루리움)
전화 ㅣ 02) 322-3856 팩스 ㅣ 02) 322-3857
홈페이지 ㅣ www.ihappytree.com ㅣ bit.ly/happytree2007
도서 문의(출판사 e-mail) ㅣ e21chope@daum.net
내용 문의(지은이 e-mail) ㅣ yesreading@gmail.com
※ 이 책을 읽다가 궁금한 점이 있을 때는 지은이 e-mail을 이용해 주세요.

ⓒ 박기복, 2023
ISBN 979-11-88758-62-3
"행복한나무" 도서번호 : 163

소년 프로파일러와
도박의 유혹

| 박기복 지음 |

차례

| 등장인물 소개 & 관계도 | 6 |

1막. 클로버
내가 금손인 줄 알았습니다 ● 8

2막. 하트
나는 나쁜 놈이 되었습니다 ● 56

3막. 다이아몬드
그것은 위험한 전염병입니다 ● 100

4막. 스페이드
도박의 끝은 파멸입니다 ● 142

5막. 조커
저에게는 도움이 필요합니다 ● 182

| 에필로그 | 손 내미는 용기 ● 216

도박에 거는 돈은
수학을 모르는 이가
도박장에 바치는 기부금이다.

등장인물 소개

● 이우진 ●

소설 서술자인 중학생. 친구들을 따라 도박에 빠지면서
빚을 지고 범죄를 저지른다.

● 이호찬 ●

이우진 초등학교 친구. 이우진이 어려움에 부딪히자 홍구산
을 소개한다.

● 홍구산 ●

프로파일러를 꿈꾸는 중3 남학생. 이우진 이야기를 듣고
사건을 해결한다.

● 이슬비 ●

홍구산 여자친구로 아픈 상처를 안고 사는 대재벌 가문 손
녀. 차갑고 냉정하지만 의외로 맑은 면이 있다.

● 홍효정 ●

홍구산 이모로 경찰이다.

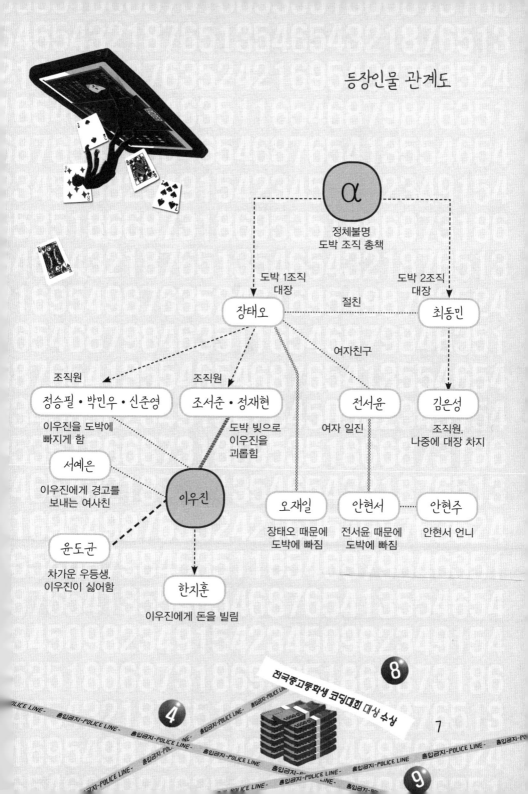

등장인물 관계도

α
정체불명
도박 조직 총책

도박 1조직
대장

도박 2조직
대장

장태오 ·········· 절친 ·········· 최동민

여자친구

조직원

조직원

정승필 · 박민우 · 신준영

조서준 · 정재현

전서윤

김은성

이우진을 도박에
빠지게 함

도박 빚으로
이우진을
괴롭힘

여자 일진

조직원.
나중에 대장 차지

서예은

이우진

이우진에게 경고를
보내는 여사친

윤도균

차가운 우등생.
이우진이 싫어함

오재일

안현서

안현주

장태오 때문에
도박에 빠짐

전서윤 때문에
도박에 빠짐

안현서 언니

한지훈

이우진에게 돈을 빌림

·1막·

클로버

내가 금손인 줄 알았습니다

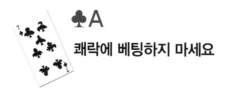

♣A
쾌락에 베팅하지 마세요

경고를 받은 그날은 2학년 2학기 개학 날이었다. 등굣길에 서예은을 만났다. 예은이는 나와 초등학교 동창이다. 나는 어릴 때부터 여자애들과 잘 어울리지 않았는데, 예은이만은 예외였다. 예은이는 겉으로 하는 말이 마음과 똑같다. 다른 여자애들은 앞에서 하는 말과 뒤에서 하는 말이 다른 경우가 많은데 예은이는 그렇지 않았다. 겉으로는 거칠어 보이지만 꾸밈없는 솔직함이 나는 좋았다. 예은이는 남자들 세상을 잘 안다. 게임이나 운동을 소재로 길게 대화를 나누어도 막힘이 없다. 그래서 다른 남자애들도 예은이를 편하게 대했다.

2학년 때는 같은 반이 되었다. 학원도 대부분 같은 데 다녔다. 웬만한 남자애들보다 더 가까웠다. 그렇다고 특별한 감정은 없었다. 그냥 편한 사이였다. 여름 방학이 되면서 예은이는 다니던 학원을 다 끊었다. 왜 끊었는지는 모른다. 한 달 동안 못 보다 개학 날에 만나니 반가웠다. 학교 담벼락에 높이 걸린 현수막이 펄럭였다.

전국중고등학생 코딩대회 대상 수상

그 문구 아래 서예은이란 이름이 번쩍였다.

"벌써 몇 번째냐? 너 정말 대단하다."

내 칭찬에 예은이는 시큰둥하게 반응했다.

"애들끼리 하는 대회인데, 뭘."

"그래도 대상이면 대단한 거 아니야?"

"과제가 너무 쉬웠어."

예은이는 수학과 과학을 정말 잘한다. 특히 컴퓨터 쪽은 대회에만 나가면 상을 받는다. 당연히 꿈도 그쪽이다. 반면에 나는 잘하는 것이 없다. 어른들은 맨날 꿈을 찾으라고 닦달한다. 나는 그때마다 얼버무린다. 대충 생각나는 대로 골라잡는다. 그러다 보니 답할 때마다 꿈이 바뀐다.

"그나저나 학원은 왜 다 그만두었어?"

"그 새끼 때문이지."

그 새끼가 누구인지 모르겠다. 학원에 못된 놈이 있었나? 생각해 보았지만, 딱히 떠오르지 않았다.

"그 이야기는 하고 싶지 않아."

예은이가 이러면 그만두어야 한다. 좋고 싫음이 명확한 예은이가 아니라고 하면 아닌 것이다.

"잠깐의 쾌락에 당신 인생을 베팅하지 말래."

"무슨 말이야?"

"저 현수막 말이야."

예은이가 손가락으로 가리켰다. 예은이 현수막 두 칸 아래에 그 현수막이 있었다.

**잠깐의 쾌락에 당신 인생을 베팅하지 마세요.
상담 전화 1336**

내 시선이 잠깐 그 현수막에 멈추었다.

"요즘 도박하는 애들이 우리 학교에도 있다고 들었어. 너도 설마 도박하는 건 아니지?"

예은이가 날카롭게 째려보았다.

"도박을 왜 해?"

나는 정색을 하며 부정했다.

"앞으로도 절대 하지 마. 도박판을 벌이면 돈을 벌지만, 도박에 뛰어들면 절대 돈을 못 벌어. 혹시나 해서 하는 말이야. 멍청한 짓은 하지 마."

그 말을 새겨들어야 했다. 예은이가 한 경고를 무시하지 말아야 했다. 나는 그냥 흘려들었다. 나와 관계없는 경고로 여겼다.

그리고 얼마 뒤, 나는 도박에 발을 들였다. 도박에 빠져서 지낼 때도 경고는 여기저기서 계속 날아왔다. 그때도 여전히 경고를 무시했다. 나만은 괜찮을 줄 알았다. 나만은 예외라고 믿었다. 행운이 나에게 오리라고 믿었다. 손을 뻗는 거리에 대박이 있다고 믿었다. 어리석은 믿음이었다.

소년 프로파일러와 도박의 유혹

♣2
재미에 담긴 비밀

10월 하순부터 주변에 도박하는 아이들이 늘었다. 11월 중순이 지나더니 열풍이 불었다. 갑자기 불어 닥친 열풍이었다. 누가 의도해서 만든 열풍인지, 아니면 의도치 않게 유행이 되었는지는 잘 모르겠다. 내가 도박에 빠진 시기는 중간고사가 끝난 뒤니 10월 초쯤이다. 나는 남들보다 조금 앞서서 도박에 발을 들인 셈이다.

나는 그전까지는 도박과 거리가 멀었다. 예은이에게 경고를 듣기 전까지는 도박이란 단어조차 낯설었다. 아이들이 도박한다는 소문도 듣지 못했다. 도박하는 모습도 개학 날 점심시간에 처음 접했다.

최동민은 우리 반이고 장태오는 아니다. 둘은 같은 반이 아닌데도 자주 어울렸다. 점심시간이면 장태오가 오기도 하고, 최동민이 가기도 했다. 둘이 만나면 늘 웃음이 함께였다. 나는 그처럼 친밀한 관계를 맺어 본 적이 없다.

점심시간, 나는 미루어 두었던 학원 숙제를 하느라 정신없었다. 장태오가 우리 교실로 들어왔다. 워낙 요란하게 들어와서 저절로 시선이 갔다. 그때 교실에는 나를 포함해서 다섯 명밖에 없었다. 이름도 잘 모르는 여학생 둘과 윤도균, 오재일, 나 이렇게 있었다. 집중해서 공부하던 윤도균이 짜증을 냈다. 장태오에게는 들리지 않았겠지만 내 귀에는 똑똑히 들렸다. 최동민은 요란하게 장태오를 맞이했다. 둘은 욕이 섞인 말을 주고받았다. 우정을 증명하는 욕이었다. 윤도균은 그 아이들을 째려보더니 다시 공부에 집중했다. 나도 서둘러 숙제에 매달렸다. 숙제를 다 하지 못하면 학원에 남아야 한다. 그러기 싫었다. 한눈 따위 팔 여유가 없었다.

장태오와 최동민은 쉬지 않고 떠들었다. 뭐가 그리 좋은지 웃음이 그치지 않았다. 나도 모르게 눈이 갔다. 둘은 스마트폰을 들고 있었다. 스마트폰은 아침에 제출해야 하는데 몰래 챙겼나 보다. 둘은 잘나가는 아이들이다. 아무도 건드리지 못한다. 툭하면 학교 규칙을 어겨 벌점을 받았는데, 아랑곳하지 않았다.

한참 떠들던 둘이 일순간 조용하더니 갑자기 환호성을 질렀다. 스마트폰으로 게임을 하는 것이 확실했다. 어떤 게임을 하는지 궁금했다. 가까이 가서 확인해 볼까? 그럴 때가 아니었다. 숙제가 급했다. 다시 손을 놀렸다. 아무리 풀어도 문제는 줄지 않았다. 가득 쌓인 문제에 숨이 막혔다.

갑자기 둘이 탄식을 내뱉었다. 게임에서 진 듯했다.

"너 때문에 졌잖아!"

"이 새끼가 재수 없게."

장태오와 최동민이 날카롭게 반응했다.

조심스럽게 그쪽을 보았다. 오재일을 향한 욕이었다.

"떨어져 새끼야."

오재일이 움찔 놀랐다. 몇 걸음 뒤로 물러났다. 그래도 눈을 떼지 않았다. 얼굴에 호기심이 가득했다. 같이 하고 싶은 표정이었다.

"이번에는 어디로 할까?"

"빨간색이지."

둘은 의논하더니 다시 스마트폰에 집중했다.

나는 시선을 돌렸다. 이럴 때가 아니었다. 힘겹게 문제에 집중했다. 숙제를 많이 내 주는 학원이 끔찍하게 싫었다. 열심히 손을 놀렸다. 탄식과 환호에도 눈길을 돌리지 않았다. 열심히 한 덕분에 그래도 숙제는 점점 줄어들었다.

꼼짝도 안 하고 공부하던 윤도균이 문제집을 정리하더니 자리에서 일어났다. 공부를 잘하는 윤도균이 자리를 뜨니 나도 그만하고 싶었다. 문제를 푸는 속도가 점점 느려졌다. 지겨운 문제 풀이에서 벗어나고 싶었다. 다시 원망은 학원으로 향했다. 그나저나 저 재미난 게임은 무얼까?

"뭔지 궁금해?"

자리로 돌아온 윤도균이 조용히 말했다.

"뭐라고?"

"쟤들이 뭐 하는지 궁금한 거 아니야?"

"아니야."

나는 어색하게 부정했다.

"표정이나 바꾸고 말해."

윤도균의 입술에 또다시 비릿한 경멸이 걸렸다. 자존심이 상했지만 내색하지 않았다.

그때 내 귀로 감정이 실리지 않는 단어 하나가 들어왔다.

"도박이야."

"뭐라고?"

"귀가 먹었어? 도박이라고."

어떻게 반응해야 할지 갈피를 잡지 못했다.

윤도균은 내 반응은 기다리지 않고 다시 공부에 몰두했다. 마치 공부 기계 같다. 윤도균은 공부를 잘하는 학생이 지닌 특징을 다 갖추었다. 물론 나는 정반대다.

나는 세 사람을 다시 한 번 쳐다보았다. 몇몇 아이가 교실에 들어왔다. 장태오와 최동민은 주변 시선은 아랑곳하지 않았다. 오재일은 숨을 죽인 채 뒤에서 구경했다.

소년 프로파일러와 도박의 유혹

　초등학교에서는 가끔 도난 사건이 벌어진다. 물건이 탐나서 훔치는 좀도둑질이다. 열에 여덟은 범인이 곧바로 잡힌다. 대부분 반성문만 쓰고 끝난다. 가끔은 부모님을 부르기도 한다. 들키지 않은 도둑질도 범인이 누구인지는 안다. 확실한 증거가 없어 대놓고 말하지 않을 뿐이다. 중학교에서는 그런 일이 안 일어날 줄 알았다. 그러고 보면 그때까지 나는 어떤 면에서는 순진했다.

　도난 사건이 일어난 시간은 체육과 음악 수업 사이였다. 안현서의 무선이어폰이 사라졌다. 우리 반은 체육을 하고 돌아와서 곧바로 음악실로 이동했다. 교실은 혼란스러웠다. 안현서는 서랍에 넣어 둔 무선이어폰을 깜박 잊고 챙기지 않았다. 음악실에서 돌아와서 바로 확인했는데 사라지고 없었다. 몇몇이 용의자로 떠올랐지만, 섣불리 입에 올리지 못했다. 수색해서라도 범인을 잡자는 의견이 나왔다.

　몇몇 아이가 사생활 침해라며 반대했다. 무선이어폰은 크기가 작아 작정하고 숨기면 찾아내기 쉽지 않다는 말도 나왔다. 어쩔 수 없이 논쟁이 벌어졌고, 찬성파가 반대파를 설득하는 데 실패했다. 결국 반장이 담임에게 신고했다. 담임은 양심에 호소했다. 담임으로서도 뾰족한 수가 없었다.

이틀 뒤, 한지훈이 도난을 당했다. 도난 물품은 영어 학원에서 사용하는 태블릿이었다. 범행은 점심시간에 일어난 듯했지만 확실하지는 않았다. 종례 시간이 되어서야 사라진 것을 알았기 때문이다. 이번에도 몇몇이 용의자로 떠올랐다. 무선이어폰에 이어 또다시 벌어진 사건이라 그냥 넘어가기 어려웠다. 이번에는 수색에 다들 동의했다. 그러나 수색 대상이 된 아이들이 반발했다. 개인 용품이 드러나는 것을 달가워할 사람은 없었다. 도난과 관련 없는 물품에는 일절 책임을 묻지 않는다는 조건으로 수색을 시작했다. 선생님과 반장, 부반장만 수색에 참여하고, 나머지는 교실 밖으로 나갔다. 10여 분 동안 벌인 수색은 성과 없이 끝났다.

선생님은 듣기 좋은 말로 설득했다. 양심을 강조했다. 물건을 잃어버린 사람이 겪을 고통도 언급했다. 책임을 묻지 않을 테니 내일까지 선생님 책상 위에 올려놓으라고 했다. 도둑이 마음을 고쳐먹을 만한 감흥이 느껴지지 않는 훈계였다.

우연히 예은이와 같이 하교했다. 나는 범인을 욕하며 누가 범인인지 모르겠다고 투덜거렸다. 가만히 듣기만 하던 예은이가 감정 없는 말투로 범인을 지목했다.

"오재일이야."

나는 깜짝 놀랐다.

"어떻게 확신해?"

예은이는 의심을 받은 아이들을 정리한 뒤 좌석과 이동 경로, 목격자 진술 등을 토대로 용의자를 간추렸다. 용의자는 세 명으로 줄었다.

"셋 중에 왜 오재일이야?"

"오재일에게 가장 확실한 동기가 있으니까."

"확실한 동기라고?"

"도박하느라 빚을 졌거든."

"도박 빚?"

"넌 정말 아무것도 모르는구나. 재일이가 장태오한테 빚을 졌어. 빚 안 갚는다고 얻어맞기도 했고."

처음 듣는 이야기였다. 그 당시 나에게는 꽤 충격적인 소식이었다. 남자인 나도 모르는 그런 소식을 예은이가 어떻게 정확히 아는지 궁금했다. 물어보고 싶었지만, 질문할 기회를 잡지 못했다.

"귀 좀 열고 다녀."

나는 늘 그랬다. 학교에 자자한 소문도 내 귀에는 가장 늦게 도착했다. 친한 아이가 별로 없어서 그랬다. 그런 내 처지를 확인할 때마다 씁쓸했다. 내 표정을 본 예은이가 눈치 빠르게 말을 바꾸었다.

"그래, 너처럼 순진한 애는 이런 소식을 모르는 게 낫지."

예은이 눈빛이 차갑게 변했다.

"그러니까 넌 도박하지 마. 도박해서는 절대 돈을 못 따. 수학을 모르는 멍청한 녀석들이나 도박으로 돈을 딸 수 있다고 기대하지."

예은이는 칼날처럼 매섭게 말을 내뱉었다.

"알았어."

또다시 들은 경고다.

예은이는 내게 두 번이나 경고했다. 그때는 알았다고 했지만, 나는 알아듣지 못했다. 행동으로 옮기지 못하면서 말로만 알았다고 한 것이다. 입으로 안다고 했으면서 내 손은 도박에 빠져들었다. 내 입과 손은 거리가 아주 멀었다.

"그나저나 너…… 학원은 다시 안 다닐 거야?"

나는 화제를 돌렸다.

"말했잖아. 그 새끼 때문에 안 된다고."

"그 새끼가 누군데?"

"됐어. 더 말하고 싶지 않아."

싸늘한 냉기가 풍겼다. 더 언급했다가는 욕이 날아올 듯했다. 나는 화제를 바꾸었다.

"오재일이 범인이라고 선생님께 알려야지 않겠어?"

"내가 왜?"

"오재일은 도둑질했고, 안현서랑 한지훈은 물건을 잃어버렸잖아."

"정의 실현에 앞장서라는 거야?"

"그런 거창한 말이 아니라……."

"나는 그런 데 끼고 싶지 않아. 내 문제로도 골치 아파."

예은이는 자기 문제가 무엇인지 끝내 말하지 않았다. 지금도 그 문제가 무엇인지 모른다. 범인은 끝내 밖으로 드러나지 않았다.

♣4
인생은 작은 실수로 뒤틀린다

그날만 생각하면 후회막심이다. 내가 왜 말을 걸었을까? 왜 끼어들었을까? 귀를 닫고 지나갔다면 아무 일도 벌어지지 않았을 텐데……. 여느 때처럼 조용히 지냈어야 했는데……. 나는 그 순간 충동을 억제하지 못했다. 그 짧은 충동이 내 삶을 나락으로 끌어내렸다. 그러고 보니 인생은 참 어처구니없이 사소한 지점에서 결판이 난다.

삶이 재미없었다. 그날이 그날이었다. 지루하고 변화가 없었다. 게임도 별로 재미없었다. 게임을 하는 손은 기계처럼 움직였다. 학원 숙제는 어떻게든 해 가지만, 실력은 나아질 기미가 보이지 않았다. 그 전날에는 학원 승급 시험에서 또 실패했다. 엄마에게 야단은 맞지 않았다. 그렇지만 실망한 기색은 뚜렷하게 느꼈다. 밤늦게 들어온 아빠는 소식을 듣더니 긴 연설을 늘어놓았다. 몇 번이나 들은 케케묵은 교훈이었다. 첫 구절을 듣자마자 마지막 구절이 어떻게 끝날지 알았다.

확 사고라도 치고 싶은 충동이 일었다. 물론 실행할 용기는 없었다. 나는 좁은 새장에 갇힌 새였다. 좁은 새장 속 평화에 길들여져 날아갈 꿈조차 포기한 무기력한 새였다. 돈이라도 많으면 좋겠다. 그러면 지루한 게임에 폭탄을 던지는 짓이라도 할 텐데……. 마구 아이템을 사서 자랑이라도 하면 속이 시원할 텐데……. 매운 떡볶이라도 마음껏 먹고 싶지만, 용돈은 늘 빠듯했다.

고민은 나를 무기력하게 만들었다. 어깨가 축축 처졌다. 뭐 하는 짓인지, 이런 쓸데없는 고민에 빠지다니……. 사춘기인가? 안 하던 고민을 다 하고……. 괜히 한숨만 나왔다. 수업 종이 울렸다. 정신을 차리려고 했지만 어려웠다. 푹 자고 싶었다. 진로 선생이 들어와서 괜히 활기찬 척했다.

선생이 하는 말은 하나도 귀에 안 들어왔다. 말은 연기처럼 주변을 떠돌았다. 자고 싶은데 잠이 오지 않았다. 멍하니 있는데 꿈에 관한 대화가 오갔다. 진로 체험 시간이면 맨날 오가는 대화다. 뻔한 질문에 뻔한 답들……. 중2가 뭘 안다고 저러는지 모르겠다. 꿈이 뭔지 묻지 말고, 푹 자면서 꿈이라도 제대로 꾸게 해 주면 좋겠다.

"저는 돈을 많이 벌고 싶어요. 한 10조 원쯤."

한지훈이 명랑하게 말했다.

"그러니까 묻잖아. 돈 벌어서 뭐 하고 싶냐고?"

"맛있는 거 많이 먹고, 여행도 다니고……."

"그건 10조 원이 없어도 가능해. 도대체 10조 원씩이나 벌어서 뭐 하려는 거냐고."

"현금을 거리에 확 뿌려도 재미있겠네요."

아이들이 환호성을 질렀다.

"그건 불법이야."

"가난한 사람들을 도와줘도 되고."

"네가 10조 원을 모으면 다른 사람이 그만큼 가난해져. 가난하게 만든 뒤에 돕겠다는 거야?"

"그냥…… 편하게 살려고……."

한지훈은 주변 눈치를 살폈다.

"10조 원을 모으는 동안에는 편하게 못 살 텐데……."

저런 쓸데없는 이야기는 왜 나누는지 모르겠다. 나는 10조 원은 필요 없다. 그냥 놀고먹고 살 정도면 된다. 한평생 편하게 먹고살 돈만 있으면 좋겠다.

"멋진 신세계를 만들고 싶어서요."

윤도균이었다.

"멋진 신세계라면 올더스 헉슬리가 쓴 책?"

"네. 그 책 맞아요."

"그 소설에 묘사된 세계가 정말 멋지다고 생각하니?"

"극소수를 제외하면 모두 자기 삶에 만족한다는 점에서 멋지다는 수식어에 동의해요."

"그 지점에서 선생님과 의견이 다르지만, 오늘 주제는 아니니 넘어갈게. 그나저나 법관이 되겠다는 꿈과 멋진 신세계가 무슨 상관이지?"

"질서를 바로 세우고 싶어서요."

"네가 말하는 질서는 뭐야?"

"질서는 스스로 위치에 맞는 역할에 충실할 때 유지될 수 있잖아요. 저는 그런 사회를 만들고 싶어요."

"조금 위험한 생각이구나."

"논어에 군군신신부부자자(君君臣臣父父子子)란 말이 있죠. 임금이 임금

답고, 신하가 신하답고, 아버지가 아버지답고, 아들이 아들다우면 정치가 바로 선다는 뜻이에요. 멋진 신세계에서 실현된 질서와 정확히 일치한다고 생각해요."

윤도균이 하는 말은 너무 어려웠다. 나도 저런 어려운 말을 하고 싶었다.

"너와 이 문제로 더 논쟁하고 싶지만, 오늘 주제는 그게 아니니 나중에 따로 대화를 나눠 보자."

선생님은 또다시 다른 학생들과 대화를 나누었다. 나는 상념에 빠졌다. 나에게 저 질문을 하면 뭐라고 답하지?

나는 어릴 때부터 야구를 참 좋아했다. 아빠와 야구장에 갔을 때가 아직도 기억난다. 어린이 야구단에서도 활동했다. 초등 6학년 1학기 때, 엄마는 수학 학원에 다녀야 한다면서 야구단을 끊었다. 그때 그만두지 않았다면 어떻게 되었을까? 프로야구 선수를 꿈꾸며 계속 운동하고 있을까? 머리에 야구공이 어지럽게 날아다녔다. 질문을 받으면 좋겠다. 나는 야구와 관련된 일을 하고 싶다고. 이유를 물어보면 야구를 좋아하기 때문이라고 답할 것이다. 좋아하는 일을 하고 살면 행복하다고 답할 것이다. 갑자기 떠오른 생각에 가슴이 벅차올랐다. 드물게 찾아오는 충만감이었다.

그러나 선생님은 내게 질문하지 않았다. 조금 아쉬웠다. 그래서였을까? 쉬는 시간에, 멍청하게도, 내 삶을 망칠 일을 스스로 벌이고 말았다.

소년 프로파일러와 도박의 유혹

♣5
스포츠 좋아하세요?

점심을 먹고 운동장으로 나가던 중이었다. 정승필, 박민우, 신준영이 모여서 떠들어 대고 있었다. 정승필은 1학년 때 같은 반이어서 안면이 있었다. 박민우와 신준영은 그 당시에는 이름도 몰랐다. 그냥 지나가려다 귀가 쫑긋 세워졌다. 이야기 주제가 야구였기 때문이다. 진로 체험 시간에 야구 이야기를 하지 못한 아쉬움이 떠올랐다. 더구나 그들은 내가 좋아하는 구단이 역전승한 경기를 두고 떠들어 대고 있었다. 입이 근질근질했다. 끼어서 대화를 나누고 싶은 충동이 치솟았다.

"6:4에서 딱 맞는데……."

"우중간을 쫙 갈랐잖아."

"대타가 그렇게 잘할 줄이야."

그때 내가 끼어들었다.

"원래 통산 타율이 2할 8푼 3리야. 경쟁자가 워낙 잘해서 빛을 못 봤지만."

셋이 일제히 나를 보았다. 나는 시선을 돌리지 않았다.

"예전부터 대타로 나와서 꽤 잘 쳤어."

"너, 야구 잘 알아?"

정승필이 친근하게 굴었다.

"누구냐?"

박민우가 물었다.

"아, 이우진이라고, 1학년 때 같은 반이었어."

정승필이 나를 소개했다.

"야구 좋아하나 보네."

"어린이 야구단도 했어."

나는 어깨를 으쓱했다. 내게 어린이 야구단은 자랑스러운 경력이다. 나는 그에 관한 이야기를 꺼내려고 준비했다. 그러나 대화는 내가 바라는 쪽으로 흘러가지 않았다.

"양키스랑 보스턴은 왜 그런데?"

"메츠는 예상대로 이겼어."

"다저스는 늘 끝에 가서 아쉬워."

갑자기 대화가 미국 프로야구 이야기로 넘어가 버렸다. 살짝 끼어들려고 했더니 이번에는 엉뚱하게 축구가 화제로 떠올랐다.

"이번에도 레바뮌 중 하나겠지?"

"요즘은 EPL이 대세잖아."

그들은 종목을 가리지 않고 대화를 나누었다.

그래도 중간중간 한국 프로야구도 화제에 올랐다. 나는 그때마다 끼어들어 내 지식을 뽐냈다. 다른 종목이야 내가 모르기에 그러려니 했다. 그런데 야구에 관한 대화가 조금 이상했다. 보통 야구 이야기를 할 때는 좋아하는 구단이 중심이 되기 마련이다. 좋아하는 구단이 이기면 기분이 좋고, 지면 짜증이 난다. 맞수 구단이 잘나가면 질투가 나고, 그 구단에 승리하면 짜릿하다. 선수 개인 기록도 관심사다. 그런데 그들이 나누는 대화에는 그런 내용이 없다. 그냥 승부와 패배, 그리고 점수뿐이다.

나중에서야 그들이 스포츠토토를 한다는 사실을 알았다. 스포츠토토는 운동 경기 결과를 예상해서 돈을 걸고, 결과에 따라 환급금을 받는 제도다. 돈을 걸고 배당을 받는 방법은 엄격하게 법으로 제한되어 있다. 그러나 그들은 법 바깥에서 스포츠토토에 참여했다. 물론 그 사실도 나중에 알았다.

그들은 스포츠 결과에 유난히 민감했다. 그들이 스포츠를 정말 좋아해서는 아니었다. 그들은 그저 경기 결과에만 관심이 있었다. 나는 다른 종목에는 관심이 없다. 내 관심은 야구뿐이다. 해외 야구도 별로 관심이 없다. 대화가 서로 살짝 엇나가기는 했지만, 야구라는 공통 관심사로 그들과 친해졌다.

야구 경기가 벌어진 다음 날이면 신나게 이야기를 나눌 상대가 생겨서 좋았다. 그들은 내 분석에 귀를 기울였다. 나는 내가 좋아하는 구단에 관한 정보는 상세히 알았기에 아는 만큼 전달했다. 그러고 나면 고맙다는 말도 들었고, 원망도 들었다. 원망은 꽤 짜증 섞인 표현과 함께 돌아왔지만 그래도 좋았다.

정승필, 박민우, 신준영! 내 인생을 나락으로 떨어지게 한 주범들이다. 그들과 친해지지 않았다면 나는 소심하지만 착하게 살았을 성격이었다. 나는 그들 때문에 도박이라는 늪에 빠지고 말았다.

♣6
나도 갖고 싶다

나는 한동안 최신형 휴대용 게임기를 갖고 싶었다. 엄마에게 애걸하며 부탁하기도 했다. 내가 하도 안달하자 엄마는 마지못해 시험 점수를 조건으로 내걸었다. 누구나 예상하듯이 엄마가 내건 목표치는 내 실력을 훨씬 넘어섰다. 차라리 사 주지 않겠다고 잘라 버리는 것이 나았다. 괜한 희망이 나를 더 절망에 빠뜨렸다. 손에 잡힐 듯한 거리에 게임기가 놓여 있는 듯했다. 그것은 도박과 비슷했다. 도박도 언제나 대박이 손 닿을 거리에 있는 듯 느껴지니까.

내 생애 가장 열심히 공부했다. 결과는 예상대로 실패였다. 나중에 알고 보니 아빠가 완강히 반대해서 엄마가 내놓은 해결책이 시험이었다. 애초에 사 줄 생각도 없으면서 목표를 내건 것이다. 아빠는 내가 게임에 중독될까 봐 걱정했다. 지금 따지고 보면 게임 중독이 훨씬 나았다. 내가 게임이 아니라 도박에 중독되었으니 말이다.

그토록 소망하던 최신형 휴대용 게임기를 정승필이 학교에 가지고 왔다. 게임기뿐이 아니었다. 게임팩도 잔뜩 있었다. 내가 가장 좋아하는 게임팩을 구경하는데 손이 다 떨렸다. 정승필은 구경만 하게 하고 게임은 못 하게 했다. 짧은 과정이라도 자신이 직접 해야 한다는 이유였다. 타당한 이유였지만 서운했다. 그러다 보니 갖고 싶은 욕망이 더 강해졌다.

28

오재일은 솔직하게 다가갔다. 해 보고 싶으니 잠깐만 만져 보면 안 되냐고 사정했다.

"꺼져!"

정승필이 무시했지만, 오재일은 철면피였다.

"한 번만 만져 보면 안 돼?"

"이 잡범 새끼가……."

정승필이 날카롭게 쏘아붙였다. 그래도 오재일은 표정 하나 변하지 않았다. 찰거머리처럼 달라붙어서 부탁했다.

'잡범 새끼라니! 승필이는 재일이가 도둑질한 걸 아는구나.'

어떻게 정승필이 그 사실을 알게 되었는지 궁금했다. 그러나 물어볼 기회가 없었다. 정승필은 오재일을 완전히 떼어 내지 못했고 하는 수 없이 게임기를 만지도록 허락했다. 물론 잠깐이었다. 잠깐이지만 오재일은 그 어느 때보다 행복해 보였다. 나도 만지게 해 달라고 부탁하려다 그만두었다. 옹색해지기 싫었다.

그다음 날에는 박민우와 신준영이 내 부러움을 자극했다. 박민우는 새 신발을 신고 왔다. 당시에 한참 잘나가는 제품이었다. 꽤 비싼 신발인데 어떻게 샀는지 모르겠다.

신준영은 더 부러운 물건을 가져왔다. 손목에서 스마트워치가 빛났다. 꽤 비싼 스마트워치였다. 나로서는 감히 엄두도 못 낼 제품이었다. 신준영은 스마트워치를 연신 자랑했다. 부러움을 받으면 마구 허세를 부렸다.

"이 정도는 아무것도 아니야."

둘 다 집안이 부자일까? 내가 알기로 그 정도는 아니다. 그렇다면 엄마와 아빠가 너그러울 것이다. 괜히 까다로운 우리 부모가 원망스러웠다.

이번에도 오재일은 바짝 붙어서 부러움을 대놓고 드러냈다. 신준영은 오재일이 스마트워치를 만지도록 허락해 주었다. 오재일은 마치 축복이라도 받은 표정으로 보물을 만지듯이 스마트워치를 쓰다듬었다.

"저 쓰레기는 못 말린다니까."

오재일이 멀어지자 신준영이 대놓고 비웃었다.

며칠이 지나서야 그들이 어떻게 그 비싼 물건을 장만했는지 알게 되었다. 부모에게서 받은 돈이 아니었다. 스스로 마련한 돈이었다. 비결은 도박에 있었다. 아무리 그래도 그렇지 도박으로 그렇게 비싼 물건을 살만큼 돈을 땄단 말인가? 도박으로는 돈을 못 딴다는 예은이 말이 휴대용 게임기, 값비싼 신발, 스마트워치 때문에 지워졌다.

나도 갖고 싶었다. 부모에게 싫은 소리를 듣지 않고 갖고 싶었다. 부모가 내거는 황당한 조건과 관계없이 갖고 싶었다. 그래서 친구들 앞에서 자랑하고 싶었다. 내가 관심에 굶주린 관종은 아니지만 그런 부러움은 받고 싶었다.

나중에 가서야 그 셋이 일부러 그런 자랑질을 했다는 것을 알았다. 그것은 다른 아이들을 도박으로 끌어들이는 수법이었다. 멍청한 나는 그들이 원하는 대로 끌려 들어갔다. 나는 너무 순진했다.

소년 프로파일러와 도박의 유혹

나는 금손이다

셋은 스포츠토토를 하면서 나에게 몇 번 권했었다. 그렇지만 나는 가볍게 거절했다. 나는 야구에 돈을 걸고 싶지 않았다. 야구는 내게 특별한 스포츠이기 때문이다. 야구가 지닌 아름다움에 재를 뿌리기 싫었다. 돈을 걸고 야구를 보고 싶지 않았다. 내게 야구는 순수함으로 남아야만 하는 종목이다. 다른 종목은 아예 관심이 없었다. 따라서 그들이 아무리 권해도 끌려 들어가지 않았다.

그들이 하는 도박은 스포츠토토만이 아니었다. 게임과 비슷한 도박도 많이 했는데 그때는 무엇인지 잘 몰랐다. 일부러 구경하지 않았다. 나는 그들과 야구를 주제로 대화를 나누는 것만 즐겼다. 다른 대화도 나누었지만 주된 화제는 야구였다. 셋은 내 앞에서 돈도 주고받았다. 그 액수가 당시 나로서는 상상도 못 할 금액이었다. 입에 오르내리는 돈 단위는 더 컸다. 그들이 나누는 대화를 듣고서야 비싼 제품을 장만한 비결을 알아냈다. 도박에서 딴 돈으로 스스로 장만했다니, 그저 놀랍기만 했다. 도박에 대한 내 거부감은 거의 무너진 상태였다.

어느 날, 셋이 즐겁게 놀고 있었다. 나를 발견하더니 오라고 손짓했다. 나는 자연스럽게 어울렸다. 그때까지는 그들이 도박 게임을 해도 못 본 척했는데 그날은 대놓고 구경했다. 그들이 어떻게 돈을 버는지 궁금했기 때문이다.

공이 떨어지면서 중간에 박힌 여러 막대기에 충돌했다. 마지막에는 오른쪽 아니면 왼쪽으로 떨어졌다. 둘 중 하나만 고르면 되었다. 찍기 쉬웠다. 시험은 다섯 개 중에 하나를 골라야 한다. 그것에 견주면 둘 중 하나는 무척 쉬운 편에 속한다고 생각했다.

'왼쪽.'

속으로 선택했다.

정승필은 오른쪽을 선택했다. 그러고는 돈을 걸었다. 화면을 보니 그 게임에 참가한 사람이 꽤 되는 듯했다. 공이 떨어졌다. 공은 이리저리 튕겼다. 손을 꽉 쥐었다. 긴장이 팽팽해졌다. 눈을 공에서 뗄 수가 없었다. 내 돈이 아닌데도 손이 떨렸다. 공은 마지막 순간에 왼쪽으로 떨어졌다.

"에이, 왼쪽에 걸 걸."

정승필이 탄식했다.

"내가 왼쪽이라고 했잖아."

박민우가 괜히 타박했다.

이번에는 박민우가 걸었다.

"두 번 연속 왼쪽이었으니까 이번에는 오른쪽일 거야."

내 본능은 또다시 왼쪽을 가리켰다.

박민우는 오른쪽을 선택했다. 돈도 걸었다. 공이 떨어졌다. 다시 긴장이 부풀어 올랐다. 계속 공을 쫓았다. 심장이 두근거렸다. 이리저리 튕기던 공이 다시 왼쪽으로 떨어졌다. 박민우가 욕을 했다.

'이번에도 맞았네. 내가 운이 좋은 건가?'

겨우 두 번 맞추었다고 운이 좋다고 할 수는 없었다.

다음에는 신준영이 걸었다.

"왼쪽."

신준영이 말했다.

"오른쪽에 걸지."

나는 무심코 말했다.

"뭐?"

신준영이 나를 째려보았다. 잠깐 고민하더니 그대로 왼쪽을 선택하고 돈을 걸었다. 결과는 내가 맞았다.

'내가 능력이 있나? 신기하게 다 맞네.'

내가 만약 세 번 다 걸었으면 얼마를 땄을까? 갑자기 자신감과 기대감이 뭉글뭉글 피어올랐다.

"너 해 볼래?"

정승필이 스마트폰을 내밀었다.

"그건……."

나는 주저하며 받지 않았다.

"해 봐. 방금 맞췄잖아."

"난…… 돈이 없어."

"내 돈으로 해. 빌려줄게."

"잃으면 어떡하려고."

"내가 그렇게 쩨쩨한 줄 아냐. 푼돈이야 푼돈."

정승필이 대범하게 말했다.

"그래 해 봐."

박민우와 신준영이 독려했다.

"그럼……."

나는 스마트폰을 받아 들었다. 오른쪽일까, 왼쪽일까? 나는 내 육감이 가리키는 방향이 무엇인지 가늠했다. 이번에는…… '왼쪽'이었다.

"왼쪽."

"그럼 여길 눌러."

선택은 간단했다.

"10,000원 걸어."

"그래도 돼?"

"이 새끼 겁 많네."

정승필이 어깨를 쳤다.

"잃어도 난 모른다."

"괜찮으니까 걸어."

나는 10,000원을 눌렀다. 돈을 걸고 공이 떨어지길 기다렸다. 조금 전과는 견줄 수 없는 긴장감에 온 신경이 팽팽해졌다. 눈을 한순간도 감을 수 없었다. 9회 말, 투 아웃, 주자는 만루, 투 스트라이크 쓰리 볼, 마지막 공이 들어오길 기다리는 타자가 된 심정이었다. 가슴이 타들어 갔다. 공이 떨어졌다. 눈이 공을 따라갔다. 막대기에 튕길 때마다 신경망이 파르르 떨렸다. 공은 오른쪽으로 갈 듯하다가 마지막 순간에 왼쪽으로 떨어졌다.

"와! 이 새끼 봐라."

"25,000원이야!"

이번에도 내 선택이 맞았다.

"와~! 이 새끼 금손이었어."

정승필은 스마트폰을 받더니 곧바로 환전을 요구하는 메시지를 보냈다. 10분도 되지 않아 23,250원이 들어왔다. 25,000원에서 수수료 7%인 1,750원을 뗀 금액이었다. 정승필은 인터넷으로 통장에 찍힌 금액을 보여 주었다. 정승필은 지갑에서 14,000원을 꺼내더니 내게 주었다.

"이 돈을 나한테 왜 줘?"

"네가 땄잖아."

"네 돈으로 걸었잖아?"

"네가 딴 거야. 그냥 받아."

정승필이 다시 어깨를 쳤다.

"이 새끼 보기보다 순진하네."

박민우가 웃었다.

"네가 땄으니까 네 돈이야. 편하게 받아."

신준영이 격려했다.

14,000원을 받았다. 내가 딴 돈이었다. 내가 번 돈이었다. 생애 처음으로 내가 번 돈이었다. 용돈을 받을 때와는 차원이 달랐다. 돈을 받는 손에서 전기가 일었다.

♣8
대단하다는 착각

"돈 땄으니까 한턱내라."

정승필이 다시 어깨를 쳤다.

"그래, 한턱내. 우린 다 잃었어."

"금손한테 좀 얻어먹어 보자."

신준영과 박민우도 옆에서 거들었다.

"뭐 먹을까?"

나는 흔쾌히 요구에 응했다.

분식점까지 가는 길은 유쾌했다. 그들은 조금 전에 내가 딴 상황을 마치 무용담처럼 부풀렸다. 실제로는 어쩌다 찾아온 운이었다. 대단한 일도 아니었다. 시험 문제 하나 찍어서 맞춘 것과 다름없었다. 따지고 보면 그보다 못했다. 시험은 다섯 가운데 하나지만, 그 도박은 둘 중 하나였기 때문이다. 그러나 세 사람이 계속 추켜세우니 대단한 업적 같았다.

"느낌에 딱 왼쪽이었다니까."

나는 무슨 대단한 추리라도 해낸 듯한 기분이 들었다. 어려운 과제를 풀어낸 모험가가 된 듯한 착각도 들었다. '나는 너희들이 틀렸을 때도 다 맞추었다'고 자랑하고 싶은 욕구를 겨우 참았다.

분식집에서 14,000원을 전부 썼다.

"야, 이 새끼 보기보다 통 크네."

신준영이 칭찬했다. 기분이 좋았다. 이런 시선을 오랫동안 꿈꾸었다. 분식집에서 14,000원이면 넷이서 배를 채우기 충분했다. 우리는 쉼 없이 입을 놀리며 그 짧은 순간을 되살렸다. 내 기억은 그 순간에 계속 머물렀다.

나중에야 이것이 도박에 빠지게 만들려는 올가미임을 알았다. 별것도 아닌 기억을 특별한 기억으로 만드는 방법은 간단하다. 옆에서 대단하다고 추켜세우면 된다. 인간은 옆에서 띄워 주면 자신이 뭐라도 된 듯한 착각에 쉽게 빠진다. 특히 친구들이 인정해 주면 그 정도가 훨씬 심해진다.

아이들과 시끄럽고 즐거운 한때를 보냈다. 집에 가는데 콧노래가 나왔다. 오랜만에 느끼는 뿌듯함이었다. 짜릿한 긴장, 통쾌한 승리, 유쾌한 잡담이 빚어낸 기쁨이었다. 단지 돈이 아니었다. 돈을 걸 때 맛본 긴장감, 결과가 나올 때까지 겪는 숨 막힘, 따고 나서 맛보는 쾌감, 승리를 축하하는 아이들의 부러움이 정말 짜릿했다. 드디어 몽상이 현실이 되었다.

그날 밤, 침대에 누웠는데 내 기억은 낮에 계속 머물렀다. 나도 모르게 웃음이 새어 나왔다. 친구들 얼굴이 떠올랐다. 그들과 특별한 우정을 쌓은 것 같았다. 부모보다 가까운 사이가 된 듯했다. 이런 친밀감을 언제 맛보았던가? 돈보다, 승리보다, 친구들이 더 좋았다.

눈을 감아도 잠이 오지 않았다. 하는 수 없이 스마트폰을 움켜쥐었다. 이것저것 보는데 재미없었다. 스마트폰을 멍하니 쳐다보았다. 까만 화면에 내 얼굴이 은근히 비쳤다.

"이 좋은 걸 손에 쥐고도 쓰지 않았다니……."

검은 화면으로 휴대용 게임기를 자랑하는 정승필이 떠올랐다. 비싼 스마트워치를 찬 팔목이 자꾸 어른거렸다. 최고급 신발을 신고 뛰는 모습을 상상했다. 나도 자랑하고 싶었다. 돈 걱정 없이 지르고 싶었다. 친구들에게 떡볶이나 치킨을 마음 내킬 때 쏘고 싶었다. 그럴 방법이 내 손에 있었다.

검은 화면 속에서 내 눈빛이 반짝였다. 잠깐 예은이가 어른거렸다. 윤도균이 장태오와 최동민을 경멸하며 쏘아보던 시선도 어른거렸다. 그러나 장벽은 금방 무너졌다. 낮에 겪은 쾌감이 그따위 장벽은 쉽게 무시하게 했다.

결국 정승필에게 문자를 보냈다.

'어떻게 하면 돼?'

단 세 단어였다. 정승필은 그 짧은 문장에 담긴 뜻을 바로 이해했다.

소년 프로파일러와 도박의 유혹

나는 정승필이 시키는 대로 텔레그램을 깔았다. 텔레그램은 다른 앱보다 보안이 철저한 메신저 앱이다. 주소가 적힌 문자가 왔다. 링크를 누르자 문자는 사라지고 프로그램이 깔렸다. 무슨 프로그램이 깔렸는지 살폈지만 보이지 않았다. 혹시 잘못했나 싶어서 샅샅이 뒤졌지만 찾지 못했다. 정승필에게 안 보인다고 문자를 보냈다. 그냥 다음 링크를 누르면 된다는 문자가 왔다. 텔레그램 문자는 확인하면 사라졌다.

　다시 주소가 적힌 문자가 왔다. 살짝 누르자 도박 사이트가 열렸다. 회원 가입은 간단했다. 문구는 읽어 보지도 않고 동의를 눌렀다. 홈화면에 접속 앱이 생성되었다. 성인 인증은 정승필이 알려 준 방법으로 통과했다. 모든 절차를 마무리하는 데 채 5분이 걸리지 않았다. 정승필이 보내 준 추천 ID를 입력했다.

　내 가상 계좌에 5,000원이 입금되었다는 문자가 떴다.

　"5,000원을 공짜로 준다고?"

　예상치 못한 혜택에 가슴이 뛰었다.

　"이걸로 돈을 불리면……."

　내 상상은 마구 부풀었다.

　"그냥 내 돈 한 푼 안 들이고 큰돈을 벌 수 있잖아!"

내 손에 게임기와 스마트워치, 무선이어폰과 노트북이 들어온 듯했다. 친구들과 즐겁게 분식집에서 노는 상상만 해도 즐거웠다. 무채색 인생이 찬란한 빛으로 채워졌다.

"이 좋은 걸 쥐고도 쓰지 않았다니……. 내 손에 쥔 보물인데……."

어릴 때 읽었던 우화가 기억났다.

어떤 사내가 거칠게 흐르는 강가에 앉아 있었다. 그 사내는 늘 운이 없었다. 아무리 노력해도 결과는 실패였다.

'나는 왜 이렇게 운이 없을까?'

사내는 강가에 앉아서 투덜거리며 옆에 놓인 돌을 집어 던졌다. 돌을 하나 던질 때마다 불운했던 과거를 떠올렸다. 강한 물살은 돌과 함께 불운도 쓸어 갔다. 불운을 하나씩 강에 던져서 없애겠다는 마음으로 돌을 계속 던졌다. 돌을 던지니 마음이 점점 가벼워졌다. 인생을 새롭게 출발하겠다는 다짐이 점점 강해졌다. 마지막 돌을 던지던 사내는 깜짝 놀랐다. 자기 손에서 벗어난 돌이 황금이었기 때문이다.

"맙소사. 그게 전부 황금이었어!"

사내는 주변을 샅샅이 살폈지만 더는 황금이 없었다. 제 손으로 황금을 모조리 강으로 던져 버린 것이다. 강은 워낙 물살이 강해서 들어갈 수도 없었다.

"내 옆에 있던 행운을 던져 버리다니 이런 멍청한……."

사내는 자책했지만 되돌릴 길은 없었다.

우화는 자기 옆에 있는 황금을 몰라보는 어리석음을 범하지 말라는 교훈으로 끝났다.

나는 그 이야기를 읽고 사내를 비웃었다. 어떻게 황금을 몰라본단 말인가? 그런 멍청한 사람이 세상에 어디 있단 말인가?

그러나 나는 이제 깨달았다. 내가 바로 그 어리석은 사내였다. 손에 황금을 쥐고도 몰라본 멍청한 놈이었다. 다행히 나는 아직 황금을 강물로 던지지 않았다. 나는 황금을 꼭 쥐고 있었다. 이 황금이 내 삶을 바꿀 것이다.

"옛이야기에도 쓸 만한 교훈이 있네."

나는 중얼거리면서 손가락을 움직였다.

사다리, 달팽이, 타조, 홀짝, 소셜 그래프 등 친숙한 용어가 대부분이었다. 나는 낮에 친구들이 했던 게임을 열었다. 이미 해 보았기에 익숙했다.

"어디에 걸까? 오른쪽일까? 아니면 왼쪽일까?"

걸 시간이 얼마 남지 않았다. 시간이 점점 줄어들었다. 손에 땀이 났다.

"그래 처음 돈을 벌게 해 준 왼쪽에 걸자."

왼쪽을 선택했다. 그다음에는 돈을 걸어야 했다.

"얼마를 걸까? 5,000원을 다 걸어?"

그러기는 아까웠다. 실패하면 다시 못 하기 때문이다. 나는 일단 1,000원을 걸었다. 확인을 누르니 그때부터 정신없이 가슴이 뛰었다. 흥분, 기쁨, 긴장이 파도를 쳤다.

"이래서 하는구나."

나는 친구들이 왜 도박하는지 이해했다. 이 기쁨을 모르는 녀석들은 바보 같았다. 황금을 집어 던지는 그 사내와 다름없었다.

그날 밤 나는 한 시간가량 계속 도박을 했다. 크게 따지는 못했다. 따고 잃기를 반복하다 결국 다 잃었다. 꽁머니를 다 잃으니 아쉬움이 무척 컸다. 꽁머니로 큰돈을 벌겠다는 원대한 꿈은 실패했다. 그러나 내 돈으로 꿈을 이루겠다고 단단히 결심했다.

소년 프로파일러와 도박의 유혹

♣10
초심자의 행운

나는 왜 도박에 빠졌을까? 아니 나는 왜 도박에서 헤어 나오지 못했을까? 이 질문을 할 때마다 어느 한순간이 떠오른다. 이제껏 내가 말한 그 경험들이 계단이라면 그 사건은 정점이었다. 그 정점을 찍은 경험이 나를 이 지경까지 몰고 왔다. 아마 그 경험이 없었다면 이토록 망가지지는 않았을 것이다.

내 돈으로 도박을 한 첫날이었다. 다른 녀석들이 있는 데에서는 하기 싫었다. 나는 내 방에 홀로 앉아 문을 걸어 잠갔다. 혹시나 엄마가 들어올 것에 대비해서 문제집과 교과서를 수북이 쌓았다. 엄마가 방문을 열고 바라보는 시선까지 고려했다. 모든 준비를 마치고 스마트폰을 열었다. 심호흡하고 다시 그 게임을 눌렀다. 첫판은 그냥 흘려보냈다. 내 예상과 반대로 갔다. 다행이라 여겼다. 둘째 판에 걸었다. 소심하게 1,000원을 걸었다. 운 좋게 땄다.

"크게 걸 걸."

셋째 판에 3,000원을 걸었다. 다시 땄다. 자신감이 생겼다. 그리고 무슨 생각에서인지 그다음 판에도 따리란 확신이 들었다.

왜 그런 생각이 들었는지는 지금도 모르겠다. 무모한 베팅이었다. 미친 짓이었다. 단 한 판으로 계좌에 연결된 모든 돈을 잃어버릴 수도 있었다. 그러나 나는 걸었다. 50,000원을 한 판에 걸었다.

그 긴장감은 이루 말할 수 없었다. 이때껏 경험한 그 어떤 긴장도 이보다 강하지 않았다. 거짓말 하고 엄마한테 처음 걸렸을 때보다 더 떨렸다. 그때 느꼈던 감각이 아직도 생생하다. 내 인생 전체가 그 한 판에 걸린 듯했다. 그 몇 분이 수백 배로 늘어난 듯했다. 시간이 팽창한다면 이런 느낌일 것이다. 입이 바짝바짝 말랐다. 공이 이리저리 튀길 때마다 내 심장도 왼쪽, 오른쪽으로 따라서 뛰었다.

"오른쪽…… 오른쪽…… 오른쪽……."

나는 주문을 외웠다. 말하면 그대로 이루어지는 마법사처럼 말이다.

"그래, 그래, 오른쪽!"

마침내, 공은 '오른쪽'으로 떨어졌다.

"아~!"

소리를 지르고 싶었다. 마음껏 외치고 싶었다. 들킬 걱정만 없다면 환호성을 지르고 싶었다. 온 세상 사람에게 내 기분을 드러내고 싶었다. 50,000원이 32만 원이 되었다. 믿을 수 없는 금액이었다. 50,000원이 여섯 배로 커져서 돌아오다니…….

손이 떨렸다. 이 돈이 정말 내 돈일까? 확신이 안 섰다. 눈으로 확인하고 싶었다. 나는 곧바로 입금해 달라는 메시지를 보냈다. 기다리는데 무척 초조했다. 운영자가 돈을 안 주면 어찌하나 싶었다. 10분 뒤, 통장을 확인했다. 297,600원이 찍혀 있었다. 32만 원에서 수수료 7%인 22,400원을 제한 금액이다. 통장을 보고 또 보았다.

소년 프로파일러와 도박의 유혹

"이게 내 돈이란 말이지."

그때 문을 두드리는 소리가 났다.

나는 재빨리 스마트폰을 내려놓고 연필을 들었다. 문이 딸각거렸다. 문을 잠갔다는 사실이 생각났다. 재빨리 가서 문을 열었다. 문이 열리고 엄마가 나타났다.

"무슨 일 있니?"

"아…… 아니!"

조금 당황했다.

"네가 소리를 질렀는데……."

나는 조용히 한다고 했는데 아무래도 조금 큰 소리가 났나 보다.

"아, 그게 어려운 문제를 풀었거든. 10분이나 고민했는데…… 풀려서……."

내가 생각해도 괜찮은 거짓말이었다.

"그래?"

엄마 얼굴에 화색이 돌았다.

"그랬구나. 문제 푸는 기쁨을 느끼다니 좋네. 뭐 먹고 싶은 거 있어?"

"그냥, 음료수면 돼."

문이 닫혔다. 나는 다시 스마트폰을 확인했다. 금액을 몇 번이고 확인했다. 보고 또 보아도 믿기지 않았다. 이것이 다 내 돈이라니…….

엄마가 오는 소리가 들렸다. 나는 스마트폰을 다시 내려놓고 문제를 푸는 척했다. 엄마는 음료수를 내려놓더니 가볍게 어깨를 두드려 주었다. 느낌이 정승필이 어깨를 두드렸을 때와 비슷했다. 엄마가 나를 축하하는 듯했다. 하마터면 엄마한테 큰돈을 땄다고 자랑할 뻔했다.

엄마가 나가고 잠깐 문제를 푸는 척하다가 다시 스마트폰을 보았다.

"이렇게 쉽게 큰돈을 벌 수 있는데……."

문제를 푸느라 고생하는 내가 한심했다. 이렇게 쉬운 길이 있는데 왜 그리 어려운 길을 간단 말인가? 선택만 잘 하면 50,000원이 30만 원이 되고, 50만 원이 300만 원이 되고, 500만 원이 3,000만 원이 되는데 말이다. 더 큰 돈 단위는 떠올리지 못했다. 내게는 그 정도가 가장 큰돈이었으니까.

물론 나중에는 돈 개념이 훨씬 커졌지만, 그때는 그랬다. 3,000만 원이라니, 상상조차 안 되었다. 간단하게 부자가 될 것 같았다.

그런 행운을 '초심자의 행운'으로 부른다는 것을 나중에 알았다. '초심자의 행운'이란 막 입문한 초보자가 큰 성공을 거두는 경우를 말한다. 도박, 스포츠, 주식 등에서 많이 쓴다고 한다. 내게도 '초심자의 행운'이 찾아온 것이다.

만약 그때 잃었다면 나는 본전이 생각나서 더 깊이 도박에 빠져들었을까? 아마 아닐 것이다. 나는 소심해서 많이 잃은 경험을 하면 다시는 크게 걸 생각을 못 했을 것이다. 잠깐은 미련을 품었겠지만, 점점 흥미를 잃었을 것이다.

내게 초심자의 행운은 강렬한 기억을 만들었다. 친구들이 나를 추켜세우고, 분식집에서 한턱 쏘게 한 경험보다 훨씬 강렬했다. 그 기억에 사로잡히니 벗어날 수 없었다. 언제든지 큰돈을 딸 수 있겠다는 믿음이 생겼다.

그것은 강렬한 덫이었다. 내 영혼까지 옭아맨 덫이었다. 나는 덫에 걸린 짐승이었다. 서서히 죽어 갈 운명이었다. 그 순간에는 천국에 발을 들여놓았다고 믿었다. 어리석게도 그렇게 믿었다.

♣J
돈은 힘이 세다

30만 원이 생기니 삶에 활력이 돌았다. 괜히 자신감이 생겼다. 수업에도 집중력이 높아졌다. 선생님이 시키는 발표도 자신 있게 나섰다. 칭찬을 받았다. 어떤 걱정도 안 들었다. 언제든지 돈을 벌 수 있다는 믿음 때문이었다. 어른들이 '돈, 돈, 돈' 하는 마음을 명확히 이해할 수 있었다.

그전까지는 이것저것 마음껏 사고 싶어서 돈이 많으면 좋겠다고 생각했다. 그런데 돈은 단지 물건을 사는 자유만 주는 것이 아니었다. 삶을 대하는 태도를 바꾸어 주었다. 어떤 이는 30만 원을 얼마 되지 않는 돈으로 여길지도 모르겠다. 실제로 내가 그 뒤에 만진 돈에 견주면 큰돈은 아니었다. 그렇지만 그 돈을 내 힘으로 얻었고 앞으로 얼마든지 더 딸 수 있다는 것, 바로 그 점이 중요했다.

돈이 생기자 자랑하고 싶었다. 내게 30만 원이 있다고 외쳐 보아야 아무 의미도 없었다. 돈을 자랑하려면 금액이 아니라 행동으로 보여 주어야 했다. 일단 가깝게 지내는 친구들한테 먹을 것을 사 주었다. 아무 조건 없이 그냥 편의점에 데려가서 라면과 삼각김밥뿐 아니라 도시락도 사 주었다. 마지막에는 아이스크림을 입가심으로 먹었다. 친구들이 나를 보는 시선이 바뀌는 것을 느꼈다. 때마침 한 친구 생일이어서 무선 이어폰을 사 주었다. 그리 비싸지 않은 무선이어폰이었지만 친구는 입

소년 프로파일러와 도박의 유혹

을 다물지 못했다. 나도 색깔만 다른 무선이어폰을 사서 보란 듯이 귀에 꽂고 다녔다. 중저가 스마트워치도 장만했다. 손에 황금을 두른 듯했다.

주변 아이들이 내 변화를 눈치챘다. 나는 무슨 대단한 비밀이라도 간직한 척했다. 나중에는 알려 주겠지만 당분간은 비밀로 하기로 마음먹었다. 일단 나만 이 기쁨을 누리고 싶었다. 삶이 활기로 가득했다.

정승필, 박민우, 신준영과는 더욱 친밀해졌다. 이제 나도 그들이 나누는 대화에 온전히 끼어들었다. 물론 스포츠토토는 여전히 내 관심사가 아니었다. 그런데도 거의 모든 대화에 자연스럽게 낄 수 있었다. 우리는 마치 동지 같았다. 아니 그들은 내 은인이었다. 내 삶을 바꾼 은인이었다.

몇몇 아이들이 나를 부러워하며 자꾸 물었다. 나는 대답하지 않았다. 호기심만 자극하고 그냥 내버려 두었다. 그런 아이들에게 정승필, 박민우, 신준영이 접근했다. 나는 그들이 아이들에게 은혜를 베푼다는 사실을 알았다. 나만 아는 비밀이 사라지는 듯해서 아쉬웠지만 괜찮았다. 나 같은 금손은 드물 테니까……

마지막 남은 돈으로 게임 아이템을 샀다. 예전에는 감히 상상도 못했던 아이템이었다. 게임에서 늘 나를 무시하는 놈이 있었다. 나는 일부러 그놈을 도발했다. 예상대로 그놈은 나를 깔보며 달려들었다. 나는 당하는 척하다 숨겨 둔 아이템을 사용했다. 예상치 못한 아이템이 등장하자 그놈이 깜짝 놀랐다. 욕이 폭포처럼 쏟아졌다. 나는 그러거나 말거나 몰아붙였다. 나는 그놈을 박살 냈다. 통쾌한 승리였다. 그동안 받은 무시를 그대로 되돌려 주었다. 그놈을 박살 낸 순간을 담아서 공유했다.

그놈에게 당했던 이들이 환호했다. 나는 게임에서도 인기남이 되었다. 현실 세상도, 게임 세상도 행복했다.

그 모든 것이 돈 때문이다. 돈은 확실히 힘이 셌다.

소년 프로파일러와 도박의 유혹

♣Q
나는 왜 그랬을까?

이 정도면 내가 도박에 빠진 이유는 어느 정도 설명한 듯하다. 이야기를 다 하고 보니 약간 부족한 느낌이 든다. 내가 정말 도박에 빠진 이유가 뭘까? 곰곰이 따져 보니 그때까지 살아온 삶이 근본 원인인 듯하다.

나는 삶이 재미없었다. 왜 사는지와 같은 거창한 질문 따위는 필요도 없었다. 그냥 재미없었다. 이렇게 평생을 살아야 한다니 까마득했다. 이 지루함을 어떻게 견딘단 말인가? 공부하는 이유도 모른 채 공부했다. 학교에 가야 하는 이유도 모른 채 학교에 갔다. 학원을 가라고 하니 갔다. 숙제를 안 하면 벌을 받고, 야단을 맞고, 늦게까지 남기니 숙제를 했다. 좁은 공간에 양 떼처럼 모인 교실이 싫었지만 내게 선택권은 없었다. 따돌림을 당하기 싫어서 눈치를 보아야 하는 상황이 짜증이 났다. 남들이 보기에는 무난한 생활이었지만 나에게는 기쁨이 없었다. 어떤 아이가 자신은 스무 살이 되면 죽을 것이라고 말했는데, 그 심정을 짐작할 수 있었다.

물론 내게 돈은 중요했다. 지금도 돈을 중요하게 여긴다. 많은 돈을 갖고 싶었다. 돈이 주는 힘과 자신감을 맛보니 더 간절하게 큰돈을 원했다. 그러나 돈이 다가 아니었다. 큰돈을 딴 경험이 도박 중독을 만든 원동력이기는 했지만, 중독에 빠진 핵심 뿌리는 내 삶 자체에 있었다.

나는 허무했다. 사춘기 감성이 아니다. 중2병에 걸린 넋두리가 아니다. 나는 삶이 무의미했다. 아무런 가치를 느끼지 못했다. 도박하면서 내 삶은 다른 빛깔이 되었다. 삶이 주는 쾌감을 맛보았다. 게임에서도 느끼지 못한 충만감이었다.

베팅하고 기다리는 짧은 순간, 나는 살아 있는 기분을 느꼈다. 이것이 바로 인생이구나! 평소에는 결코 맛본 적 없는 쾌락이었다. 아무 생각도 들지 않았다. 해방감이 찾아왔다. 그 짧은 순간, 시간이 정지한다는 착각에 빠졌다. 정지된 시간 속에서 나 자신을 느꼈다. 살아오면서 그 어떤 경험도 그런 뿌듯함을 안겨 주지 않았다.

아니, 가만히 생각해 보면 그런 경험이 딱 한 번 있었다. 어린이 야구단에 다닐 때였다. 어린이 야구답지 않게 팽팽한 승부가 펼쳐졌다. 감독님은 부담 없이 즐기라고 했지만 갈수록 감독님조차 승부에 몰입했다. 우리가 한 점 내면 상대도 한 점 내고, 상대 투수가 호투하면 우리 투수도 호투했다. 그러다 승부를 가르는 기회가 내 앞에 왔다. 상대방 실수와 멋진 주루 플레이가 만든 기회였다. 상대 투수는 거의 실투가 없었다. 초등학생답지 않게 공도 빨랐다. 투 스트라이크로 몰렸다. 유인구가 들어왔다. 아슬아슬하게 골라냈다. 네 번째 공을 기다렸다. 나는 무조건 치겠다고 결심했다. 호흡을 멈추고 공에 집중했다. 내가 투수라면 어디로 던질까? 대충 어림했다. 투수가 공을 던졌다. 내가 예상한 곳이었다. 나는 있는 힘껏 방망이를 휘둘렀다. 공은 외야를 갈랐다. 주자를 모두 불러들이는 2루타였다. 게임은 그것으로 끝났다.

모든 선수가 나에게 달려왔다. 감독님도 뛰어왔다. 나를 가운데 놓고 모두 환호했다. 살아오면서 그런 환호를 받아 본 적이 없었다. 그 강렬한 쾌감이라니……. 다시 생각해도 정말 감동이었다. 모두가 나를 추켜세웠다. 무뚝뚝하던 감독님까지 나를 칭찬했다. 그 순간, 나는 주인공이었다. 그러나 그런 경험은 딱 한 번으로 끝나 버렸다. 다시 반복되지 않았다. 야구는 내 인생에서 멀어졌고, 나는 시시한 학생이 되었다.

엄마를 원망하고 싶지는 않다. 엄마는 나름 현명한 결정을 내렸을 것이다. 내 재능과 집안 사정을 고려하고, 오랜 삶에서 터득한 근거로 판단했을 것이다. 그래도 아쉽다. 엄마가 반대하지 않았으면 최소한 나는 도박에 빠지지 않았을 것이다. 야구 선수로 성공하는 길은 아닐지 모르지만, 최소한 도박에 빠지지는 않았을 것이다. 무의미한 삶에서 벗어나고자 도박에 발을 들이는 멍청한 짓은 안 했을 것이다.

결국 나는 엄마를 원망하고 있다. 잘못은 내가 다 하고 엄마를 원망하는 나는 아무래도 인간쓰레기다.

♣K
돈이 필요하다

돈을 많이 썼다. 다시 도박으로 돈을 따야 했다. 몇 번 따기도 했다. 처음처럼 따지는 못했다. 잃고 따기를 반복했다. 내가 즐기는 도박은 다양하게 늘었다. 그렇지만 기본은 항상 이길 확률이 50:50인 대결이었다. 오래 걸리는 대결은 재미없었다. 걸고 단 몇 분 안에 결판이 나는 승부가 좋았다. 승부는 늘 아슬아슬했다. 둘 중 하나이니 내가 승리할 가능성은 언제나 50%였다. 패배할 때마다 아쉬웠다. '육감대로 했다면', '분석한 대로 했다면' 하는 후회를 자주 했다. 조금만 더 잘하면 대박이 날 텐데 늘 한 끗이 모자랐다.

크게 걸 때는 안 되고, 작게 걸 때만 되었다. 과감함이 부족했다. 적게 따면 자신을 책망했다. 지고 나면 '반대로 할 걸' 하는 후회로 자신을 책망했다. 아무리 봐도 소심한 베팅 때문에 대박의 기회를 놓치는 것 같았다. 그래도 승률은 대략 50:50이었다. 횟수를 반복하니 승률 50%라는 규칙을 벗어나기 어려웠다.

승률이 절반이니 돈이 그대로일 것 같은데 그렇지 않았다. 승부에서 지면 베팅한 돈을 다 잃는다. 그 반면에 승리하면 수수료를 떼고 받는다. 수수료 7%는 만만한 금액이 아니었다. 따고 잃는 수준이 비슷했지만 계속 수수료를 제하고 받으니 내가 가진 돈이 점점 줄어들었다.

돈은 서서히 줄었다.

그러다 뚝 돈이 떨어졌다.

돈이 필요했다.

내 기쁨을 누리기 위해서는 돈이 필요했다.

·2막·

하트

나는 나쁜 놈이 되었습니다

♥A
잃어버린 일상

"야, 너 무슨 생각을 그렇게 해?"

모둠끼리 수행하다 구박을 당했다.

"이거 네가 하기로 했잖아."

뭘 해야 하는지 생각나지 않았다.

"뭘 해야 해?"

"뭐야? 짜증 나게."

되받아치려다 그만두었다. 겨우 정신을 수습해서 맡은 역할을 해냈다. 어차피 수행 따위는 중요하지 않았다. 내게는 돈이 필요했다.

"여기 맞춤법이 틀렸잖아."

또다시 지적을 받자 짜증이 치밀었다.

"대충 해."

내가 눈을 부라리자 순간 조용해졌다. 조장은 나를 째려보더니 몇 군데 수정했다. 그런 일이 자주 벌어졌다. 중간고사가 끝나니 수행이 확 늘었다. 선생들이 툭하면 이것저것 수행을 시켰다. 그냥 가르치면 되지 왜 그리 수행을 시키는지 모르겠다. 어차피 정답은 정해져 있는데 말이다. 이래저래 짜증만 늘었다.

선생이 뭐라고 떠드는데 제대로 들리지 않을 때가 허다했다. 머릿속

소년 프로파일러와 도박의 유혹

에서는 계속 도박만 떠올랐다. 정확하게는, 도박에 필요한 돈이 생각났다.

"이우진, 선생님 말 안 들려?"

돈을 생각하다 선생에게 걸렸다. 나는 머리를 긁적이며 일어났다.

"뭐라고 하셨죠?"

"허, 그렇게 여러 번 말했는데……."

선생이 어이없어 했다. 목소리가 커졌다. 잔소리를 잔뜩 늘어놓았다. 짜증 나는 선생이다. 꼰대 같으니라고.

점심을 먹고 나니 친구들이 놀자고 했다. 같이 도박하는 친구들은 아니다. 예전부터 어울리던 아이들이었다.

"됐어."

"또 숙제냐?"

숙제는 없었다.

"바빠."

나는 자세히 설명하지 않았다. 숙제는 없었다. 다만 친구들과 노는 것이 재미없었다. 도박에 맛을 들인 뒤로 모든 것이 재미없었다. 뻔한 이야기만 늘어놓는 대화에도 끼기 싫었다. 다 싫증이 났다. 게임에도 흥미가 줄었다. 돈이 안 걸린 게임은 긴장되지 않았다.

단체 체육 대회 준비도 빠졌다. 공 따라 뛰고 피하고, 줄지어 뜀박질하는 짓에는 흥미가 없었다. 학원에서도 자꾸 지적을 받았다. 숙제를 까먹고 안 하고, 수업에도 집중하지 못했다. 선생이 경고를 보냈다. 몇 번 반복되면 학부모 상담을 하겠다는 협박도 이어졌다. 저절로 한숨이 나왔다.

돈이 떨어진 지 단 며칠 만에 주변이 사막처럼 변했다. 문득 내게 도박이 좋지 않은 영향을 끼친다는 사실을 깨달았다. 그러나 나는 핵심을 회피했다. 도박이 문제인데 도박이 아니라 돈이 문제라고 생각했다. 돈만 있으면 다시 찬란한 시간으로 돌아가리라 믿었다.

'이번에 돈을 마련하면 그때는 돈이 떨어질 때까지만 하자. 그래, 딱 그만큼만 하자.'

단단히 결심했다. 그러려면 돈을 마련해야 했다. 내게는 당장 돈이 없었다. 용돈은 11월이 되어야 받는다. 돈을 마련할 방법이 없을까? 그때 찾아낸 방법이 중고 물품 거래였다.

♥2
물건을 팝니다

결심하자 바로 실행에 옮겼다. 팔아야 할 물건을 한꺼번에 몽땅 팔기로 했다. 중고거래 앱을 깔고 회원가입을 했다. 인터넷을 뒤져 방법을 익혔다. 예상보다 간단했다. 그다음은 팔 물건을 골라야 했다. 집 곳곳에서 팔 만한 물건을 모조리 찾아냈다. 그때까지만 해도 나름 착해서 내 물건만 팔 생각이었다. 제법 값나가는 옷, 아끼는 헤드셋, 사 놓고 안 쓰는 학용품, 포장도 뜯지 않은 선물들, 몇 번 신지 않은 신발, 야구 용품까지 몽땅 끄집어냈다. 침대 위를 깨끗이 정리한 뒤 하나씩 사진을 찍었다. 여러 각도에서 찍으면서 입체감을 살렸다. 잘 찍힌 사진을 골라 색깔도 보정했다.

그러고는 하나씩 중고거래 앱에 올렸다. 비슷한 용품을 검색해서 가격을 조금씩 낮게 책정했다. 빨리 팔려면 그러는 수밖에 없었다. 사기가 아님을 믿게 하려고 직거래만 한다는 조건도 달았다. 토요일과 일요일로 거래 날을 지정했다. 모두 올린 뒤 잠시 고민했다. 조금 아쉬웠다. 현관에 갔다. 어릴 때 애지중지하던 자전거가 보였다. 이것저것 달아서 개조까지 한 자전거다. 옛 추억에 잠시 젖었다. 부질없는 짓이었다. 자전거를 현관 밖으로 끌고 나가 사진을 찍었다. 개조한 곳은 확대해서 선명하게 찍었다. 인기 많은 모델이고 개조도 잘 해서 살짝 높게 금액을 책정했다.

얼마 지나지 않아 곧바로 연락이 왔다. 사기가 아니냐는 질문이 많았다. 나는 일일이 직거래임을 강조했다. 직접 보고 아니다 싶으면 안 사면 된다고 했다. 당당하게 나가니 대부분 믿었다. 토요일과 일요일로 약속을 잡았다. 워낙 물건이 많아 시간 맞추기가 까다로웠지만, 꾹 참고 일정을 조정했다.

토요일과 일요일, 바쁘게 보냈다. 자전거가 가장 비싸게 팔렸다. 많은 돈을 받았다. 야구 용품을 팔 때는 가슴이 아팠다.

'어차피 구석에 박혀만 있던 골동품이었어!'

환호를 받던 기억은 재빨리 지웠다. 다시 돌아갈 수 없는 추억이라고 나를 다독였다.

돈이 제법 모였다. 나는 다시 책상에 엄숙하게 앉았다. 호흡을 가다듬고 육감을 끌어올렸다. 처음 행운을 가져왔던 기억을 소환했다. 그 시간으로 내 감각을 되돌렸다.

"이번만 하는 거야. 크게 벌고 그만두는 거야. 깔끔하게."

첫 게임을 선택하고 돈을 걸었다. 다시 팽팽한 긴장감이 감돌았다.

"그래 이 맛이지."

떨치기 힘든 쾌감이다.

첫판은 가볍게 했다. 처음부터 크게 걸 생각은 없었다. 첫판은 땄다. 크게 걸어야 했는데 하는 아쉬움이 일었다. 두 번째 판은 조금 크게 나갔다. 이번에도 땄다. 나는 웃음을 지었다.

"역시 나는 금손이야."

나는 조금 더 과감하게 걸었다. 그렇게 밤새 도박이 이어졌다. 따기도 하고, 잃기도 했다. 꽤 많은 돈을 얻기도 했다. 물론 딴 돈은 바로 판돈으로 썼다. 잃고 따기를 거듭하면서 내 돈은 서서히 줄어들었다. 창문이 환해질 때쯤 중고거래로 번 돈은 모두 사라져 버렸다.

"돈이 필요해."

나도 모르게 중얼거렸다.

그러나 내게는 팔 만한 물건이 더는 없었다.

♥3
입에 붙은 거짓말

학원에서 문제집을 사라고 했다. 엄마에게 문자도 보냈다. 아침에 나올 때 엄마가 현금을 주었다. 사야 할 문제집이 제법 많아 돈도 두둑했다. 하굣길에 서점에 들렀다. 사야 할 문제집을 다 골랐다. 그때까지는 정상이었다. 문제집을 들고 계산대로 갔다. 앞 사람이 계산하고 있어서 잠시 기다렸다. 서점 종업원이 금액을 말했다. 앞 사람이 현금을 내밀었다. 금전등록기가 열리는 소리가 들렸다. 그 소리가 마치 돈내기 게임을 할 때 나는 소리 같았다. 머리가 멍해졌다. 주머니에 든 현금이 떠올랐다.

'이 돈을 불린 뒤에……'

그 생각을 하지 말아야 했다.

"계산하시겠습니까?"

종업원이 물었다.

"아! 잠시만……"

나는 뒤로 물러났다. 내 뒤에 섰던 손님이 계산대로 갔다. 나는 다른 책을 고르는 척하며 고민에 빠졌다. 일단 그 욕망이 떠오르니 헤어날 수가 없었다. 그때까지는 내 돈만 도박에 사용했다. 내 용돈만 썼고, 여윳돈만 걸었다. 다른 데 사용할 돈을 도박에 쓴 적은 없었다.

그러나 그 순간에는 유혹이 너무나 강렬했다. 이 돈을 불리면 어떻게

소년 프로파일러와 도박의 유혹

될까? 그런 뒤에 문제집을 사면 되지 않을까? 이 돈을 불려서 계속 도박할 자금도 마련할 수 있지 않을까? 왜 이 좋은 기회를 그냥 흘려보내려는 거야? 이런 계산이 서자 벗어나기 쉽지 않았다. 그러면 안 된다는 양심은 조금씩 밀려났다. 오늘 하루면 된다. 학원에는 잠깐 거짓말하고, 내일 문제집을 사면 된다.

'오늘 밤에 돈을 불려서 내일 사자. 그래, 하루 늦는다고 큰일 나지는 않아.'

나는 문제집을 원래 자리에 돌려놓았다.

학원에 가서는 거짓말을 했다. 엄마가 깜박 잊고 돈을 안 주셨다고 말이다. 학원 선생은 그날 수업할 데를 복사해서 주었다. 내 예상대로 아무런 문제도 생기지 않았다. 수업은 어떤 때보다 즐거웠다. 다시 도박할 기대에 신이 났다. 학원 선생님께 칭찬도 받았다. 당연히 집에서도 괜찮았다. 다시 책상에 앉았다. 호흡을 가다듬고 다시 처음 대박이 났던 순간을 떠올렸다. 그 순간에 찾아온 행운을 다시 불러냈다.

나는 첫판을 노렸다. 육감이 좋았다. 행운이 찾아올 듯했다. 모든 돈을 첫판에 걸었다. 여기에서 따면 바로 문제집 살 돈은 빼놓고 딴 돈으로만 도박하기로 마음먹었다. 이번 판만 따면 문제집 살 돈은 그대로 남는다. 기다리는 시간은 흥분으로 채워졌다. 나는 이기리라 확신했다. 내게 행운이 오리라 믿었다. 나는 금손이니 승리를 거머쥐리라 믿었다. 끝내기 안타를 쳤던 바로 그때와 같은 감격을 맛보리라 확신했다.

"뭐야!"

확신은 허무하게 무너졌다. 행운은 찾아오지 않았다. 졌다. 나는 금손이 아니었다. 똥손이었다. 문제집을 살 돈을 이렇게 허무하게 날리다니……. 신중하지 못하게 첫판에 모든 것을 걸다니……. 바보같이……. 자책하는 칼날이 나를 마구 찔러 댔다. 잠이 오지 않았다. 잃어버린 돈이 계속 아른거렸다.

'엄마한테 뭐라고 하지?'

밤새 고민하다 거짓말을 만들어 냈다.

"누가 훔쳐 갔다고?"

엄마는 화들짝 놀랐다.

"범인은?"

"선생님이 조사하고 있어."

"도대체 어떤 녀석이……."

"요즘 학교에서 도난 사건이 심심치 않게 벌어져."

"애들이 무섭구나."

"선생님이 조용히 범인을 잡아낸다고 했으니까 엄마는 연락하지 말고 모른 척해."

엄마는 한참 걱정을 늘어놓더니 아무래도 자신이 직접 사야겠다며 현금을 주지 않았다. 엄마가 문제집을 직접 샀고, 그 사건은 그렇게 넘어갔다.

그때 엄마가 조금 더 철저했더라면 내 거짓말은 바로 들통났을 것이다. 엄마는 내 말을 믿었고 그 사건을 다시 언급하지 않았다. 그것이 화근이었다. 나는 엄마를 속이기 쉽다고 생각했다. 그 뒤로 툭하면 거짓말했다. 내가 한 거짓말에 엄마는 다 속았다. 그렇게 받은 돈을 도박에 사

소년 프로파일러와 도박의 유혹

용했고, 다 잃었다.

거짓말이 반복되면 양심이 무뎌진다. 처음에는 찔렸지만, 나중에는 아무렇지도 않았다. 엄마는 순진했고, 깜박깜박 잊기도 잘 했다. 엄마는 예전처럼 철두철미하지 않았다. 그러나 거짓말도 한계가 있었다.

친구 생일 선물을 산다고 했을 때 엄마가 드디어 내 말을 의심했다. 나는 재빨리 낌새를 알아차리고 물러났다. 거기서 더 밀어붙였다가는 이제껏 해 온 모든 거짓말이 들통날 위험이 있었다. 거짓말은 위험했다. 그렇다고 거짓말로 돈을 얻어내는 짓을 끝내지는 않았다. 다만 그 간격을 넓혔다. 필요할 때만 거짓말했다. 아쉽게도 그렇게 얻어낸 돈은 도박하기에 흡족하지 않았다.

다른 길을 찾아야 했다.

♥4
빚쟁이

학교에서 도박하는 아이들이 늘었다. 쉬는 시간도 분위기가 바뀌었다. 여기저기에서 몰래 스마트폰을 들고 도박에 몰입했다. 한 판에 5분도 안 걸리니 도박하기가 너무 쉬웠다. 점심시간은 마치 카지노라도 된 듯했다. 많은 아이가 온라인 도박에 몰두했고, 구경꾼도 많았다. 구경꾼은 며칠이 지나면 직접 도박에 뛰어들었다.

그때서야 나는 예상보다 큰돈을 가진 녀석이 많다는 사실을 알았다. 명절에 받은 세뱃돈, 간간이 주변 친척이 주는 용돈, 초등학교 졸업과 중학교 입학할 때 받은 축하금 등을 쌓아 둔 녀석들이 꽤 되었다. 용돈을 두둑하게 받는 아이도 많았다.

나는 제법 돈이 많아 보이는 녀석에게 다가갔다. 평소에 나름 가깝게 지내는 사이였다. 이런저런 말을 하다 본론을 꺼냈다.

"돈을 빌려 달라고?"

"응, 조금만 빌려줘."

"얼마나?"

그 녀석은 내가 돈이 왜 필요한지 따위는 관심도 없었다. 잠시 금액을 고민했다. 10만 원은 너무 많다. 50,000원을 빌릴까 하다 조금 금액을 낮추었다.

"30,000원이면 돼."

그 녀석은 피식 웃었다. 그 정도 금액은 전혀 부담되지 않는 듯했다. 바로 그 자리에서 30,000원을 꺼냈다.

"꼭 갚을게."

그 녀석은 어깨를 으쓱했다.

길은 바로 옆에 있었다. 그동안 쉬운 길을 두고 어려운 길을 택한 나를 책망했다. 30,000원으로 그날 밤 다시 도박했다. 돈 많은 녀석에게서 돈을 빌려서였을까? 제법 운이 좋았다. 다시 운이 찾아온 듯했다. 다음 날 30,000원을 바로 갚았다.

"천천히 갚아도 되는데."

그 녀석은 사람 좋게 웃었다. 물론 나도 빨리 갚고 싶지 않았다. 30,000원을 갚으면 그만큼 판돈을 걸 기회가 줄기 때문이다. 그렇지만 필요할 때 빌리려면 신용을 쌓아야 한다. 나름 계산기를 두드리고 내린 선택이었다. 남은 돈으로 며칠은 도박을 즐겼다. 돈이 떨어지자 다시 그 녀석에게 손을 내밀었다. 이번에는 50,000원이었다. 그 녀석은 현금이 없다면서 계좌로 바로 이체해 주었다. 돈을 받자마자 다시 돈내기 게임을 했다. 이번에도 운이 좋았다. 아무래도 그 녀석에게 돈을 빌리면 운이 좋은 듯했다. 나는 곧바로 50,000원을 갚았다.

"뭐야? 빌린 지 2시간 만에 갚아?"

나는 어깨를 으쓱하고 말았다.

딴 돈으로 며칠은 버텼다. 그 어느 때보다 마음이 가벼웠다. 돈이 떨어지자 이번에는 70,000원을 빌렸다. 그 녀석은 이번에도 흔쾌히 빌려

주었다. 다시 돈내기 게임을 했다. 그런데 이번에는 돈을 따지 못했다. 조금씩 줄어들더니 미처 정신을 차릴 틈도 없이 모두 잃어버렸다.

며칠 동안 돈을 갚지 못했다. 사람 좋은 척하던 그 녀석이 돈을 갚으라고 독촉했다. 돈을 빌린 지 며칠 되지도 않았는데 독촉하다니 기분이 나빴다. 아무래도 이전에 내가 너무 빨리 갚은 것이 화근이었다. 그때 천천히 갚았더라면 이렇게 독촉하지 않을 텐데 하는 후회가 일었다. 빚 독촉은 꽤 성가셨다. 얼굴을 마주보기 힘들었다. 시선이 마주치면 죄인이 된 듯했다. 짜증이 났다. 그깟 70,000원 때문에 이런 꼴을 당하다니…….

고민 끝에 옆 반 친구를 찾아갔다. 나는 그 친구에게 50,000원을 빌렸다. 50,000원으로 도박했다. 운이 좋았다. 70,000원을 마련한 뒤 얼른 갚아 버렸다. 빚이 사라지니 속이 시원했다. 그 녀석에게 다시 돈을 빌렸다. 옆 반 친구에게 빌린 50,000원을 갚아야 했기 때문이다.

그렇게 친구들에게서 돈을 빌려서 도박하고 갚기를 반복했다. 그래도 그때는 사정이 나았다. 이자가 거의 없었기 때문이다. 이자를 붙여도 그냥 몇천 원이나 10,000원 정도였다. 전혀 부담스럽지 않은 금액이었다. 내 용돈과 엄마에게 거짓말해서 받은 돈으로 갚았다. 몇 번은 제때 못 갚았지만, 신용은 지켰다.

그러나 그 신용은 아슬아슬한 행운에 기대어 있었다. 살짝만 어긋나면 무너지는 도미노 같은 신용이었다. 행운은 오래 가지 않았다. 돈 회전에 문제가 생기면서 더는 갚지 못하는 상황이 반복되었다. 이 친구 저 친구에게 빚을 졌다. 더는 손 벌릴 데가 없었다.

소년 프로파일러와 도박의 유혹

한 친구에게 손을 내미는데 정색했다. 도박에 쓸 돈이면 안 빌려주겠다고 했다. 나는 이번만 하고 그만하겠다고 했다. 마지막이라고 했다. 간신히 돈을 빌렸다. 그러나 이틀 뒤, 그 친구에게 똑같은 말을 하는 나를 발견했다.

"너 도박 안 한다며?"

"이번에는 딸 것 같으니까 조금만 빌려주라."

매번 그런 식이었다. 마지막이라고 하면서 돈을 빌렸다. 스스로도 마지막이라고 다짐했지만 언제나 마지막이 아니었다.

나는 그때까지 언제든 결심만 하면 멈출 수 있다고 확신했다. 내 의지는 강하다고 믿었다. 그러나 멈출 수 없었다. 나는 이미 중독 상태였다. 내 의지는 그리 강하지 않았다. 솔직히 말하면 내 의지로 끊지 못한다는 것을 알았다. 그냥 아닌 척했다. 나는 언제든 끊을 수 있다고, 멈출 수 있다고 되뇌었다. 내가 나를 속였다. 그 대가는 컸다.

♥5
도둑질

그래도 그때까지 큰 죄는 짓지 않았다. 내 나이라면 할 만한 잘못이었다. 되도록 정당한 방법으로 돈을 마련했다. 엄마에게 거짓말했지만, 엄마니까 괜찮았다. 가족끼리 그 정도 거짓말은 용납된다고 생각한다. 친구들에게 돈을 빌리고 갚는 것도 나쁜 짓은 아니었다. 나는 그때까지 착한 학생이었다. 착한 아들이었다.

그러나 일순간에 타락하고 말았다. 찰나에 찾아온 충동에 무너졌다. 의도하지 않았다. 우연히 내 눈이 거기에 닿았을 뿐이다. 참아야 했다. 참고 싶었다. 절대 그런 놈은 되기 싫었다.

'도둑질은 나빠.'

어릴 때부터 숱하게 들었던 말이다. 그 도덕 기준을 지켜야 했다. 법이 범죄로 규정한 나쁜 짓이 도둑질이다. 나는 도둑질하기 싫었다. 양심이 끝까지 저항했다. 그러나 내 손은 유혹을 이겨 내지 못했다.

'그러면 안 돼. 이우진!'

말리고 또 말렸지만 손은 말을 듣지 않았다.

'저건 최고가 무선이어폰이야. 저걸 팔면…….'

'걸리면 어쩌려고?'

'안 걸려. 목격자도 없잖아.'

소년 프로파일러와 도박의 유혹

'예전에 예은이가 오재일이 범인이라고 알아냈잖아.'

'여기는 우리 반이 아니야. 들키지 않아.'

'안 들키면 도둑질을 해도 돼?'

'이번만 할 거야.'

'한 번이 어렵지. 넌 또 하게 될 거야.'

'시간이 없어. 곧 옆 반 애들이 와.'

결국 손이 양심을 이겼다. 나는 손을 꼭 쥐고 그 교실을 빠져나갔다. 몸에 지니고 있으면 들킬 가능성이 컸다. 남들이 예상치 못한 곳에 숨겨야 했다. 건물 밖으로 나갔다. 돌무더기 사이에 잘 감추었다. 한가한 척하며 주변을 돌아다녔다. 혹시나 나를 보는 사람은 없는지 살폈다. 들키지 않은 듯했다. 떨리기도 하고, 뿌듯하기도 했다. 양심은 두방망이질 쳤지만, 손은 도박할 수 있다는 기쁨으로 들떴다.

나중에 들으니 옆 반이 뒤집어졌다고 한다. 난리를 피웠지만, 범인은 드러나지 않았다. 내가 범인이니 당연한 결과였다. 나는 훔친 물건을 안전하게 집까지 가지고 왔다. 책상에 올려놓고 훔친 물건을 바라보았다.

'넌 오재일이 된 거야. 그 쪼다 같은 녀석이랑 똑같아진 거라고.'

눈꺼풀이 부들부들 떨렸다.

'내가 오재일처럼 되다니, 예은이가 알면 얼마나 비웃을까?'

예은이를 떠올리니 양심이 내는 목소리가 다시 커졌다. 그러나 도박을 향한 욕망은 양심을 어렵지 않게 꺾어 버렸다.

'그래, 이번만 하는 거야. 이번만 하고 그만두면 돼.'

'이번만'이란 단어는 마법 같은 힘을 발휘했다. 마음이 편해졌다. 도박에 대한 기대감이 나를 행복하게 했다.

사진을 찍고, 중고거래 앱에 올렸다. 워낙 최신형인데다, 직거래한다고 하니 금방 구매자가 나타났다. 그러다 덜컥 겁이 났다. 혹시 직거래하다가 훔친 물건이란 것이 들통나면 어쩌지? 가까운 데 사는 사람일수록 그럴 위험이 컸다. 되도록 우리 동네에서 멀리 떨어진 사람으로 골랐다. 거래 과정은 조금 불편했지만 그것이 더 안전했다.

중고거래로 얻은 돈은 꽤 짭짤했다. 친구들에게 진 빚을 다 갚고도 남았다. 당분간은 손을 빌리지 않아도 될 만한 돈이 수중에 남았다.

소년 프로파일러와 도박의 유혹

♥6
게임과 도박

처음에는 특별한 경우를 제외하고 학교에서는 도박하지 않았다. 아무리 하고 싶어도 꾹 참았다. 이상한 인내심이었다. 친구들에게 내가 도박하는 모습을 보이기 싫었다. 남들 시선이 있는 데에서는 짜릿함이 덜하기도 했다. 온전히 내 운을 다 쓰지 못한다는 미신 때문이기도 했다. 시간이 흐르면서 그 절제력도 서서히 무너졌다. 더는 유혹을 이겨 내기 힘들었다. 결국 학교에서도 도박에 손댔다.

최고급 무선이어폰을 판 돈이 제법 두둑했다. 그 돈을 쌓아 두고 참으려니 힘들었다. 하는 수 없이 쉬는 시간에 접속했다. 몇 번 해 보니 집에서 할 때와는 또 다른 재미가 느껴졌다. 그러다 예은이에게 들켰다. 점심시간이었다. 도박에 돈을 걸고 기다리는데 시선이 느껴졌다. 결판이 나기 바로 전이었기에 무시했다. 돈을 땄다. 주먹을 쥐고 좋아하다 예은이를 보았다.

예은이와 눈이 마주쳤다. 예은이가 한바탕 질책을 쏟아 낼 줄 알았다. 예은이 시선에서 별다른 감정이 느껴지지 않았다. 한심하게 여기는 눈빛도 아니었다. 예은이는 자연스럽게 눈을 돌리더니 자기 자리로 갔다. 감정이 묘했다. 질책을 받지 않아서 좋았지만 아쉽기도 했다. 내 잘못을 따끔히 지적하기를 속으로 바랐는지도 모르겠다. 예은이는 나를 아예 포기했을까? 어차피 말려도 듣지 않을 놈이라고 여겼을까? 말이라도 걸어 볼까? 예은이가 우리 부모님께 알리면 어떻게 하지? 뒤죽박죽 엉킨 걱정과 상념이 나를 혼란에 빠뜨렸다. 그날은 더는 도박에 몰입할 수 없었다.

그날 도덕 선생이 느닷없이 도박 이야기를 꺼냈다. 선생은 도박이 얼마나 위험한지 설교를 늘어놓았다. 무슨 눈치라도 챈 것일까? 하기는 도박을 즐기는 학생이 한두 명이 아니니 눈치채는 선생도 있을 만했다. 가만히 들어보니 도덕 선생은 우리가 얼마나 도박에 빠져서 지내는지 전혀 감을 못 잡은 상태였다. 말 그대로 도덕 선생 같은 연설이었다.

솔직히 반박도 하고 싶었다. 도박이 주는 즐거움이 무엇인지 알리고 싶기도 했다. 도박이 나쁘지만은 않다고 말하고 싶었다. 물론 나도 알았다. 그 즐거움은 오래 가지 않으며, 길게 보면 돈을 다 잃는다는 것을 말이다.

하굣길에 예기치 않게 조명규와 논쟁이 벌어졌다. 조명규는 게임광이다. 늘 게임 이야기만 한다. 한두 가지 게임만 즐기는 아이들과 달리 조명규는 온갖 게임을 다 즐긴다. 모르는 게임이 없다. 조명규는 걸어가면서도 게임을 했다. 내가 말을 걸었다. 그런 재미없는 게임을 왜 하느냐고 별생각 없이 찔렀다. 조명규는 날카롭게 대꾸했다.

"나 보고 도박하라는 거야?"

"그냥 게임이야. 돈을 걸고 하는 돈내기 게임."

나는 어깨를 으쓱했다.

"솔직하게 도박이라고 해. 도박은 게임과 달라."

이제 내가 도박한다는 사실을 모르는 반 친구들은 거의 없었다.

"다를 게 뭐가 있어. 게임이나 도박이나 그게 그거지."

조명규는 게임을 멈추더니 정색했다.

"게임과 도박은 달라."

"뭐가 달라?"

"게임은 노력을 해. 노력한 결과에 따라서 성취가 결정돼."

"도박도 시간을 투자해야 해. 노력도 필요하고."

"노력은 무슨…… 그냥 운이지. 판돈 걸고 몇 분 뒤에 결판나잖아. 아무리 노력하고, 실력을 갈고 닦는다고 해도 결과에 영향을 끼치지 않아. 그렇지만 게임은 노력하면 결과가 바뀌어. 오랜 시간을 투자하면 실력이 좋아져. 실력은 결과에 영향을 끼치고."

"도박도 운이 다는 아니야."

그렇게 말했지만 나 자신도 확신이 서지는 않았다.

"실력을 아무리 길러 보았자 50% 확률을 넘어설 실력 따위는 없어. 그건 그냥 운이야."

딱히 반박할 말이 떠오르지 않았다.

"게임은 열정이 필요해. 일부 어른들은 중독이라고 비난하지만, 게임을 향한 노력은 열심히 공부하는 노력과 다르지 않아."

문득 반박할 논리가 떠올랐다.

"게임도 현질을 하잖아."

꽤 괜찮은 반박이었다.

"현질은 진짜 게임이 아니야. 그리고 현질로 산 아이템은 사라지지 않고 남아. 그렇지만 도박에 건 돈은 푸슈~ 허공으로 사라져."

맞는 말이다. 더는 반박할 논리가 없었다. 도박광이 게임광한테 졌다. 그래 봤자 게임이라고 쏘아붙이려다 그만두었다. 나도 게임을 즐기는 처지에서 할 말은 아니었다.

나는 그 자리를 피했다. 내 생각에도 조명규가 낸 의견이 타당했다. 게임은 긴 시간을 투자하고, 기다려야 성취를 얻는다. 그러나 도박에는 노력이 필요 없다. 길게 기다리지 않는다. 도박은 아무리 많이 해도 결국 초보자와 똑같다. 오른쪽, 왼쪽을 고르는 데 실력은 의미 없다. 그런 줄 알면서도 내 실력이 좋다고 믿었다. 오래 해서 육감도 예리해지고 판단 능력도 향상되었다고 믿었다. 물론 다 헛된 믿음이다. 나는 스스로를 속였다. 나는 나에게 거짓말을 숨 쉬듯이 자주 했다.

소년 프로파일러와 도박의 유혹

♥7
다가온 큰손

또다시 돈이 말라 갔다. 친구들에게 손을 벌리기도 민망했다. 여건도 바뀌었다. 서로 빌리고 빌려주는 관계가 복잡하게 얽힌 탓에 선뜻 빌릴 만한 친구를 찾기가 어려웠다. 도둑질을 다시 하기는 겁났다. 양심에 아직은 힘이 남아 있었다.

그러다 소문을 들었다. 장태오가 수백만 원을 벌었다고 했다. 믿기 힘든 소문이었다. 처음에는 믿지 않았다. 아무리 그래도 그렇지 수백만 원은 과장이겠지 싶었다. 그런데 장태오가 하고 다니는 모습을 보니 믿지 않을 수 없었다. 일단 장태오는 씀씀이가 컸다. 뭐든 팍팍 샀다. 몸에 걸친 옷이나 들고 다니는 전자 기기가 우리와 결이 달랐다. 모두 장태오를 부러워했다. 내가 되고 싶었던 모습이다. 장태오에게 가까이 가면 나도 모르게 주눅이 들었다. 원래 일진에 속하는데 도박으로 돈까지 버니 더 잘나갔다.

어떻게 하면 장태오처럼 될 수 있을까? 크게 걸었다가 잃은 판이 떠올랐다. 그때 반대로 걸었다면 장태오를 부러워하지 않아도 되었을 것이다. 소심하게 걸어서 적게 땄던 판도 떠올랐다. 그때 크게 걸었다면 장태오처럼 되었을 수도 있었다. 적은 돈으로는 장태오처럼 될 수 없었다. 조바심이 나를 채찍질했다. 큰돈이 필요했다.

인터넷을 뒤졌다. 돈을 빌려준다는 글을 쉽게 발견했다. 그런 글 밑에는 곧바로 댓글이 달렸다. 이자도 엄청났다. 용기가 안 났다. 모르는 사람에게 돈을 빌리고 싶지 않았다. 혹시라도 못 갚으면 어쩌나 걱정되었다.

그때 다가온 친구가 정승필이다. 정승필은 내가 얼마나 도박에 깊이 빠져 사는지 속속들이 알았다. 11월이 되면서 정승필은 뭔지 모르게 바빴다. 박민우와 신준영도 분주하게 학교를 돌아다녔다. 뭘 하고 다니는지는 몰랐다. 여러 사람을 만나고 다니는 것만 알았다. 그러다 보니 예전처럼 가깝게 지낼 시간이 없었다. 나도 그 셋에게 돈 이야기를 꺼낼 생각은 전혀 없었다.

몇 마디 나누는데 갑자기 정승필이 돈 이야기를 꺼냈다.

"너, 돈 필요하지 않아?"

예상치 못한 질문에 조금 당황했다. 대답을 찾지 못해 머뭇거렸다. 정승필이 밝게 웃었다.

"우리는 친구잖아. 네 사정 다 알아."

그래도 선뜻 긍정하는 말이 나오지 않았다.

"얼마 빌려줄까?"

금액을 물어보니 머뭇거림이 덜해지는 듯했다.

"이왕이면 크게 해야지. 쫀쫀하게 몇만 원 들고 하지 말고."

정승필이 어깨를 툭 쳤다.

"이왕이면 대범하게……."

나도 돈이 많으면 그러고 싶었다.

소년 프로파일러와 도박의 유혹

"장태오가 그래서 크게 벌었잖아. 대범하게 걸어서."

결국 나는 묻고 말았다.

"얼마나 빌려줄 수 있어?"

"한 50만 원 빌려줄까?"

예상치 못한 금액이었다. '대범하게', '많이'란 단어를 듣고 내가 떠올린 금액은 20만 원 정도였다. 50만 원은 나를 흥분하게 했다.

"큰돈이니까 이자를 받아야 해."

이자는 당연히 주어야 한다고 생각했다. 돈을 따면 얼마든지 줄 생각이었다.

"원금 50만 원에 이자 50만 원. 기한은 2주. 어때?"

이자가 원금과 같았다. 나는 쉽게 생각했다. 이자가 많다고 생각하지 않았다. 50만 원이면 큰돈을 딸 수 있고, 그러면 50만 원쯤은 쉽게 이자로 낼 수 있다고 계산했다. 2주일이면 도박을 실컷 할 시간이다. 돈을 불릴 기회가 얼마든지 있으리라 믿었다. 물론 멍청한 계산법이었다.

"걸 때는 화끈하게 걸어. 알았지?"

내게 정승필은 약속대로 돈을 보냈다. 금액을 확인하니 가슴이 뛰었다. 답답함이 사라졌다. 내 삶에 찬란한 빛이 들어오는 듯했다. 몸에 생기가 돌았다.

♥8
사기꾼

50만 원은 큰돈이다. 그러나 한편으로는 적은 돈이기도 하다. 나는 과감하게 걸었다. 돈이 돈으로 안 보였다. 한 판에 10만 원도 걸었다. 잃기도 하고 따기도 했다. 마지막에는 다 잃었다. 50만 원이 연기처럼 사라졌다. 믿기지 않았다. 손만 뻗으면 대박인데 잡히지 않으니······. 나는 금손이 아니었다는 말인가? 그때 반대로 걸었다면 대박이었는데······. 멍청한 이우진! 다시 기회가 오면 실수하지 않을 텐데······.

수없이 반복했던 후회와 미련이다. 좋은 기회라 여겼다. 흥분으로 어찌할 바를 몰랐다. 인생이 바뀌리라 믿었다. 그러나 결과는 더 깊은 나락이었다. 0원이 된 통장을 하염없이 바라보았다. 보고 또 보아도 0은 바뀌지 않았다. 그러다 깨달았다. 내게는 2주 안에 갚아야 할 빚이 100만 원이라는 사실을 말이다.

다급한 마음은 내 도덕심을 무너뜨렸다. 내가 나쁜 짓을 하는 동안 양심은 한마디도 안 했다. 양심은 죽었다. 일단 엄마의 물건을 훔쳤다. 엄마가 애지중지하는 물건은 건들지 않았다. 없어지면 바로 알기 때문이다. 화장대 깊은 곳에 있는 장신구를 훔쳤다. 집 안 곳곳을 뒤져 팔 만한 물건을 모조리 찾아냈다. 나는 그것들이 얼마나 하는지 몰랐다. 싼 가격에 올렸다. 가격이 워낙 싸니 의심하면서도 구매자가 줄을 섰다. 구

소년 프로파일러와 도박의 유혹

매자를 가리지 않고 재빨리 팔아 치웠다.

"남학생이었어요?"

직거래하는 아줌마가 나를 의심스럽게 쳐다보았다. 성인 여자들이 쓰는 물건을 중학생이 파니 의심한 것이다. 거래는 성사되었지만 더는 그런 식으로 거래하는 것은 좋지 않을 듯했다. 동네에 소문날 수도 있었다. 대면 거래는 위험했다. 가격을 더 낮추는 대신 비대면 거래로 바꾸었다. 의심하는 사람이 많았다. 거래되지 않았다. 어떻게 할까 고민했다. 얼마 남지 않은 기간 동안 이런 식으로 100만 원을 마련하기는 불가능했다. 값비싼 전자 기기를 훔치지 않는 한 어려웠다. 엄마 물건에 더 손대는 것은 위험했다. 엄마가 눈치채면 끝장이었다.

'방법이 없을까?'

인터넷을 뒤졌다. 돈을 빌려주겠다는 글을 수도 없이 만났다. 모르는 사람에게 빌리기는 싫었다. 불법 아르바이트도 많았다. 인터넷으로 불법 영업을 하는 아르바이트였다. 어렵지 않아 보였다. 해 볼까 하는 생각도 했지만 묘한 경계심이 일었다.

그러다 찾은 방법이 중고거래 사기였다. 인터넷에는 중고거래로 사기를 당했다는 각종 경험담이 많았다. 모든 과정을 알고 나면 어처구니없는 수법이었다. 그런 허접한 수법에 속아 넘어간 사람들이 어리석어 보였다. 사기 경험담은 거의 다 사기 피해를 입지 않으려면 어떻게 해야 하는지 주의할 점으로 끝났다. 그렇게 많은 사람이 사기 경험담을 늘어놓다니……. 검색만 하면 나오는 수법에 당하는 사람이 여전히 많다니……. 문득 기발한 발상이 떠올랐다.

'잠깐, 이것을 반대로 이용한다면?'

나는 사기 경험담을 반대로 이용하기로 했다. 경험담은 사기 수법을 배우기에 아주 좋은 학원이었다. 나는 몇몇 경험담을 참고해서 계획을 세웠다.

일단 내 사진을 바꾸었다. 어른 사진을 올리고 등산을 좋아하는 듯이 꾸몄다. 메신저 앱도 바꾸었다. 얼핏 보면 등산을 좋아하고 가정에 충실한 40대 가장처럼 보였다. 준비를 마치고는 아빠가 애지중지하는 등산 용품을 올렸다. 아내한테 구박받아서 판다는 그럴듯한 사연도 덧붙였다. 기대한 대로 여러 구매자가 나타났다. 나는 그중 가장 순진해 보이는 사람을 골랐다. 거래는 성사되었다. 나는 거래금액의 절반을 먼저 보내면 물건을 보내 주겠다고 했다. 용품을 택배로 받으면 그때 나머지 돈을 보내 달라고 요구했다.

아마 내가 중학생인 것을 알았으면 믿지 않았을 것이다. 등산을 좋아하는 성실한 40대 가장이면서 아내에게 구박받는 남편이라는 설정은 신뢰감을 만들어 냈다. 상대방은 흥분해서 얼른 돈을 보냈다. 제법 많은 돈이었다. 아빠의 등산 용품을 넘길 수는 없었다. 등산 용품이 사라지면 아빠는 바로 알아챌 것이다. 등산 용품이 어디로 갔는지 찾을 것이고, 의심은 나에게 쏠릴 것이다. 그러면 도박과 관련한 내 모든 행적도 들통날 것이다.

나는 계정을 폐쇄했다. 메신저도 차단했다. 피해자가 몇십만 원 때문에 귀찮은 일을 벌이지는 않으리라 믿었다. 인터넷에 그런 경험담은 숱하게 많았다. 내 예상은 정확했다. 내 사기는 성공했다.

그런데도 100만 원을 채우지 못했다. 아직 모자랐다. 나는 돈이 될 만한 것을 찾았다. 모든 촉각을 거기에 맞추었다. 뭐든 걸리면 훔칠 준비가 되어 있었다. 다행인지 불행인지 도둑질할 기회는 없었다. 그러다 엉뚱한 데에서 기회를 만났다.

평소에는 다니지 않던 길이었다. 학원을 가다 심란해서 무작정 걸었다. 상가들이 밀집한 복잡한 골목길로 들어섰다. 정신을 차리고 학원 쪽으로 방향을 틀었다. 그러다 골목 구석에서 초등학생 꼬마를 발견했다. 등을 보인 채 쭈그린 꼬마에게 다가갔다. 내가 다가가도 꼬마는 알아채지 못했다. 꼬마는 스마트폰 게임에 빠져 있었다. 적과 싸우느라 정신이 없었다. 나는 물끄러미 그 모습을 지켜보았다. 나도 즐겼던 게임이어서 승부가 궁금했다.

팽팽하던 승부에서 꼬마가 이겼다. 상대가 다시 하자고 요청했다. 다시 게임이 벌어졌다. 꼬마는 게임에 집중했다. 문득 꼬마가 든 스마트폰이 최신 기종이란 사실을 알아차렸다. 중고거래로 팔면 꽤 값이 나갈 듯했다.

결론을 내렸으나 실행은 쉽지 않았다. 이래도 될까? 넘지 말아야 할 선을 넘는 것은 아닐까? 그러나 나는 이미 중고거래로 사기도 쳤다. 엄마의 물건을 훔쳐서 팔았다. 무선이어폰을 훔치기도 했다. 이미 나는 나쁜 짓을 할 만큼 했다. 새삼스럽게 양심에 가책을 느낄 이유는 없었다. 나는 슬그머니 다가가 손을 쑥 집어넣었다. 꼬마가 깜짝 놀랐다. 나는 스마트폰을 낚아챘다.

"이리 내놔요."

"확, 조그만한 게."

나는 주먹을 들어 보였다.

"내 거예요. 내놔요."

꼬마는 눈을 부라리며 대들었다.

"맞을라고."

나는 주먹을 얼굴에 댔다.

꼬마의 눈이 커졌다. 울먹거렸다. 소리를 지를 듯했다. 그대로 두면 위험했다. 나는 주먹으로 꼬마의 배를 한 방 쳤다. '헉' 하더니 꼬마가 꼬꾸라졌다. 거기 머물면 위험했다. 나는 있는 힘껏 뛰었다. 꼬마가 소리 지르기 전에 도망쳤다. 한참 벗어나는데 꼬마가 악을 쓰는 소리가 들렸다.

학원에 도착하니 등에 땀이 흥건했다. 뛰어서 흘린 땀이 아니었다. 무서워서 흘린 땀이었다. 내가 이런 짓까지 하다니……. 새삼 내 처지가 비참했다. 수업에 집중하지 못했다. 주인에게 돌려줄까 고민도 했다. 길거리에서 발견했다면서 우체통 같은 데 넣어 버리고 싶었다. 양심은 살아 있었다. 그때 정승필이 문자를 보내지 않았다면 아마 나는 양심대로 행동했을 것이다.

소년 프로파일러와 도박의 유혹

'언제 갚을 거야?'

텔레그램 메시지는 확인하자마자 사라졌다.

나는 바로 답을 보냈다.

'곧 갚아. 걱정하지 마.'

내 양심은 무너졌다. 죄책감 따위는 없었다. 빚을 갚아야 한다는 현실만 남았다. 도박을 다시 하고 싶다는 욕망만 꿈틀댔다.

나는 다른 중고거래 앱을 깔았다. 그러고는 스마트폰을 올렸다. 거래는 금방 성사되었다. 현금이 두둑이 들어왔다. 100만 원을 채우고도 남는 금액이었다.

100만 원을 받은 정승필은 내 어깨를 두드렸다.

"필요하면 언제든지 말해."

"됐어. 이제 안 빌려."

그렇게 말했지만, 나는 안다. 필요하면 언제든지 손을 벌리게 되리라는 것을 말이다.

나는 남은 돈으로 다시 도박을 했다. 그 초등학생이 저주를 걸었는지 얼마 못 버티고 모조리 잃었다.

♥10
뒤에 0이 하나 더

기말고사 결과가 엉망이었다. 공부하지 않고 돈과 도박에 매달렸으니 당연한 결과다. 엄마한테 댈 핑계를 준비했다. 답안지를 실수로 밀려 썼다고 할까? 새벽까지 공부하느라 졸렸다고 할까? 아니면 선생이 이상하게 문제를 냈다고 할까? 얼마나 통할지 모르지만, 핑계는 준비해 두어야 했다.

시험을 망치니 허전함이 심해졌다. 영혼이 텅 빈 듯했다. 게임을 해도 채워지지 않았다. 웹툰을 아무리 봐도 재미없었다. 그나마 도피처였던 야구 경기도 볼 수 없는 계절이다. 내게 겨울은 아무런 재미도 없는 계절이다. 도박은 적은 돈으로 즐겼다. 돈이 적으니 재미도 줄었다. 몇 천 원짜리 판돈으로는 긴장감이 생기지 않았다. 따도 딴 것 같지 않고, 잃어도 잃은 것 같지 않았다.

큰돈이 필요했다. 정승필에게 연락할까? 정승필은 언제든지 빌리라고 했지만, 왠지 껄끄러웠다. 또 빌려 달라고 말하기가 어려웠다. 그때 정승필에게 빌렸으면 달라졌을까? 그것은 모르겠다. 그때 돈이 필요한 나에게 돈을 빌려주겠다고 나타난 사람은 정승필이 아니라 조서준과 정재현이었다.

조서준과 정재현은 선뜻 20만 원씩 빌려주었다. 합계 40만 원이었다.

"이자는 뒤에 0을 하나 붙인다!"

조서준이 농담조로 이야기했다. 나도 농담인 줄 알았다. 40만 원에 0을 하나 더 붙이면 400만 원이다. 그렇게 황당한 이자를 요구할 리는 없다고 여겼다.

"그래도 돼?"

정재현이 조서준에게 되물었다.

"이자는 1.5배까지만 된다고 했잖아."

"이 새끼는 그거 모르잖아."

"그러다 귀에 들어가면 어쩌려고?"

"무슨 수로 알아?"

"몇 번 걸렸다고 하던데."

"다 헛소문이야. 일부러 겁먹게 하려고 그런 거야."

"그래도……."

"됐어. 찔끔찔끔 뜯어서 언제 목돈을 쥐겠어."

둘은 그렇게 속닥속닥 논쟁했다.

그때는 그들이 어떤 대화를 나누는지 몰랐다. 한참 뒤에야 그 대화에 담긴 의미를 정확히 이해했다.

40만 원을 쥐고 다시 도박을 했다. 돈은 따기도 하고 잃기도 했다. 잃고 따는 횟수는 비슷했다. 잃고 따는 금액도 비슷했다. 그러나 돈은 서서히 줄어들었다. 또다시 그 수수료가 문제였다. 잃을 때는 다 잃고, 딸 때는 수수료가 제외된 채 지급되니, 지고 이기는 횟수가 비슷하고 잃고 따는 금액이 비슷해도 돈은 계속 줄어들었다.

돈이 줄어드니 초조해졌다. 조급함에 조심성 없이 걸었다. 그때마다 더 크게 잃었다. 결국 하룻밤 만에 40만 원을 다 잃었다.

그다음 날, 하루 내내 꾸벅꾸벅 졸았다. 하교하는데 조서준과 정재현이 다가왔다.

"좀 땄냐?"

나는 대답 대신 고개를 푹 숙였다. 내 얼굴과 몸짓이 모든 대답을 대신했다.

"알지? 뒤에 0을 붙여서 갚아."

고개를 들었다.

"400만 원을?"

상상도 해 본 적이 없는 금액이었다.

"이 새끼 봐라! 생까네!"

"어제 뭘 들었어? 뒤에 0을 붙인다고 했어, 안 했어?"

"듣긴 들었는데……."

"그래 놓고 모른 척해?"

기가 막혀서 반박하지 못했다.

"빨리 갚아라. 험한 꼴 당하기 전에……."

소년 프로파일러와 도박의 유혹

♥J 끔찍한 모욕

　그래도 농담인 줄 알았다. 40만 원을 빚졌으니 80만 원을 갚으면 될 줄 알았다. 아무리 많아도 100만 원이면 되리라 생각했다. 방학하는 날, 80만 원을 갚으면 되냐고 물었다.

　"이 새끼 봐라."

　조서준과 정재현이 내 멱살을 잡았다. 그대로 끌려갔다. 하교를 기다리며 몇몇 아이가 노닥거리는 학교 뒤편이었다. 그곳에서 난생처음 모진 꼴을 당했다.

　"너 그러겠다고 했어, 안 했어?"

　"그게 농담인 줄 알았지."

　"농담? 넌 농담으로 돈을 빌리냐?"

　"그게 아니라."

　뭐라고 말하려는데 주먹이 날아들었다. 복부에 정통으로 맞았다.

　"하! 헉!"

　전혀 예상치 못한 상태에서 맞은 주먹이었다. 호흡하다가 맞는 바람에 숨이 탁 막혔다. 배를 붙잡았다. 호흡하려고 몸을 숙였다. 이번에는 발길질이 날아왔다. 옆구리였다. 조금 전보다 충격이 컸다. 옆으로 쓰러졌다. 조서준이 멱살을 잡았다. 나는 숨을 쉬려고 안간힘을 썼다. 2:1이니 정식으로 싸워도 질 것이 뻔한 싸움이었다. 기습을 당했으니 더 속수무책이었다.

"갚을 거야, 안 갚을 거야?"

400만 원은 내 능력 밖이었다. 나는 선뜻 대답하지 못했다.

"이 새끼 봐라. 아주 날강도네."

다시 주먹이 옆구리를 강타했다. 옆으로 쓰러졌다. 녀석들은 겉으로 티가 안 나는 곳만 골라서 때렸다.

바닥에 쓰러졌다. 숨은 여전히 쉬기 힘들었다. 모든 사물이 옆으로 보였다. 사람들도 옆으로 보였다. 문득 시선을 느꼈다. 불쌍함, 혐오, 경멸이 담긴 시선이었다. 내가 바라고 꿈꾸던 시선과는 정반대인 시선이었다. 끔찍했다. 내가 이런 꼴을 당하다니 한심했다.

"야, 선생님 오신다!"

그 말이 나를 구했다. 그 녀석들은 내 멱살을 잡아서 바로 세웠다. 그러고는 안 보이는 데로 끌고 가더니 앉혀 놓고 사라졌다.

그것으로 끝이 아니었다. 조서준과 정재현은 툭하면 날 찾아와서 협박했다. 어느 날은 소주병을 깨서 목에 갖다 대기도 했다. '찌르지 않겠지' 하면서도 무서웠다. 소주병 끝이 목을 쭉 따라 움직였다. 온몸에 소름이 돋았다. 날카로운 유리 조각이 피부에 전해졌다. 조서준은 깨진 병을 턱 바로 밑에서 위로 바짝 들이밀었다. 뒤가 벽이라 피할 수도 없었다.

"갚아! 알았지? 갚으라고!"

나는 눈을 껌벅였다.

"대답해 새끼야!"

92

"아…… 알았……어."

그때 처음으로 죽고 싶다고 생각했다. 내가 어떤 처지인지 새삼스럽게 깨달았다.

"안 갚으면 네가 어떤 놈인지 네 부모님이 속속들이 알게 될 거다. 그러기 전에 빨리 갚아."

그런 일은 겪기 싫었다. 부모님이 모두 알게 되는 일은 절대 벌어지면 안 된다. 어쩔 수 없었다. 400만 원은 황당한 금액이지만 갚는 수밖에 없었다. 그러나 내게는 방법이 없었다. 그 많은 돈을 마련할 방법이 없었다.

며칠 뒤, 조서준과 정재현이 또다시 나를 불러냈다. 이번에는 사람이 엄청 많이 다니는 번화가였다. 기분 좋은 농담을 하더니 갑자기 내 뺨을 때렸다. 엄청난 구타는 아니었지만, 치욕스러운 폭력이었다. 지나가던 사람이 나를 한심하게 쳐다보았다. 둘은 싱글벙글 웃으며 농담을 주고받았다. 나는 손으로 뺨을 만지며 동상처럼 서 있었다.

"손 치워라."

손을 내리자 또다시 뺨을 때렸다.

그런 폭력이 여러 차례 반복되었다. 지나가던 사람들은 기묘한 상황을 구경만 할 뿐 끼어들지 않았다. 이제껏 살면서 겪은 가장 끔찍한 모욕이었다.

♥Q
넘지 말아야 할 선

방법을 찾아야 했다. 더는 그런 꼴을 당하기 싫었다. 비참한 인생에서 벗어나야 했다. 마음은 간절한데 방법이 보이지 않았다. 기존에 쓰던 방법으로는 400만 원을 마련할 길이 없었다. 앞으로 당할 모욕이 무서웠다. 두 녀석은 무슨 짓이든 할 기세였다. 어디 하소연할 데도 없었다. 그러다 마침내, 나는 넘지 말아야 할 선을 넘고 말았다.

엄마와 함께 외할머니 댁에 갔다. 할머니 댁은 그리 멀지 않았다. 할머니는 어릴 때 나를 자주 돌봐 주셨다. 나도 할머니를 잘 따랐다. 할머니는 여전히 나를 예뻐했다. 나를 볼 때마다 항상 용돈을 주려고 하신다. 엄마와 아빠가 용돈을 주지 못하게 막지만 않았어도 내 주머니 사정은 많이 달라졌을 것이다. 내 처지를 떠올리고 괜히 엄마와 아빠를 원망했다.

할머니와 외출했다가 은행에 들렀다. 할머니가 카드로 송금하는 모습을 목격했다. 나는 할머니 바로 뒤에 있었다. 할머니 손이 보였다. 할머니는 비밀번호 네 자리를 눌렀다. 나는 별생각 없이 그 번호를 기억했다. 할머니는 몇 군데 돈을 보내시고는 카드를 지갑에 넣으셨다. 그러고는 가게에서 맛있는 빵을 사 주셨다. 할머니가 사 주신 빵을 먹으며 돌아왔다. 그때까지는 그 짓을 벌일 생각을 하지 않았다.

소년 프로파일러와 도박의 유혹

할머니 댁에서 맛있게 식사했다. 노닥거리며 노는데 엄마가 할머니를 모시고 목욕탕에 다녀온다고 했다. 모녀가 모처럼 즐겁게 놀겠다면서 나갔다. 나는 그러시라고 하고는 스마트폰을 꺼냈다. 어차피 도박할 돈은 없으므로 옛날에 즐기던 게임을 했다. 게임도 재미없어 할머니 댁을 이리저리 돌아다녔다. 그러다 안방에서 할머니 지갑을 발견했다.

'비밀번호가 47⋯⋯.'

비밀번호가 뚜렷하게 떠올랐다. 나는 카드를 지갑에서 꺼냈다. 그때부터 내 양심과 현실이 치열하게 싸웠다. 엄청난 전투였다. 내가 별의별 나쁜 짓을 다 했지만, 할머니께는 그런 짓을 하고 싶지 않았다. 내게 할머니는 특별한 존재다. 어쩌면 세상에서 나를 가장 사랑하는 분은 엄마와 아빠가 아니라 할머니일지도 모른다. 그런 분을 실망시키기 싫었다.

그러나 조서준과 정재현에게 당한 모욕이 떠오르자 양심은 급격하게 무너졌다. 그런 일을 다시 겪는다고 상상하니 견딜 수 없었다.

'죄송해요, 할머니. 이번 한 번만⋯⋯ 이번 한 번만⋯⋯.'

결정했다. 카드를 들고 재빨리 밖으로 나갔다. 은행에 가서 돈을 찾았다. 현금으로 찾은 뒤 내 통장에 곧바로 입금했다. 다시 집에 돌아와 카드를 할머니 지갑에 넣었다. 손이 덜덜 떨려서 카드를 제자리에 넣는데 한참 걸렸다.

다시 스마트폰을 집어 들었다. 엄청난 유혹이 밀려들었다. 400만 원으로 돈을 불리면⋯⋯. 그 순간, 내 생애 가장 강력한 인내심을 발휘했다. 나는 알았다. 한 번 시작하면 400만 원이 없어질 때까지 하리라는 것을 말이다. 그랬다가는 내 인생이 그야말로 나락으로 떨어진다는 것을 말이다. 나는 이를 악물고 참았다. 조서준과 정재현이 내게 가한 모욕이 그런 인내심을 발휘하게 했다.

집에 돌아온 뒤 곧바로 조서준과 정재현에게 연락했다. 돈을 갚겠다고 약속하고 당일에 송금할 수 있는 한도까지 돈을 보냈다. 400만 원을 다 보내려면 며칠에 나누어서 보내야 했다. 나는 내 통장에 찍힌 금액을 보여 주었다. 조서준과 정재현은 희희낙락했다.

"거 봐, 괜찮잖아."

조서준이 정재현 어깨를 쳤다.

"이 새끼는 한다고 했잖아."

조서준이 크게 웃었다.

"너 정말 대단해."

정재현이 엄지를 추켜세웠다.

나한테 하는 칭찬이 아니었다. 조서준에게 보내는 감탄이었다.

"또 어디 호구 새끼 없나?"

♥K
길고 외로운 겨울

언제 할머니에게서 불호령이 떨어질지 몰라 걱정하며 보냈다. 어찌
된 일인지 할머니는 아무런 연락을 하지 않으셨다. 모르시나? 한꺼번
에 통장에서 400만 원이 빠져 나갔는데 모를 리가 없었다. 그렇다면 모
른 척해 주시나? 선뜻 어떤 결론도 내리기 어려웠다.

그 상황에서도 나는 도박을 못 끊었다. 돈이 생길 때마다 도박을 했
다. 용돈을 받으면 도박하고, 거짓말해서 받은 돈으로 도박하고, 훔쳐
서 마련한 돈으로 도박하고, 초등학생들에게 돈을 뜯어서 도박했다. 그
래 봤자 모두 적은 금액이었다. 답답했다. 크게 한탕하고 싶었다. 꿈은
목돈인데 현실은 푼돈이었다. 돈이 생기면 바로바로 사라졌다. 따더라
도 다시 도박에 쓰기에 남은 돈은 없었다.

길고 긴 겨울 방학이었다. 온통 잿빛이었다. 화산재를 뒤집어쓴 폼페
이 같았다. 판돈을 걸고 잠깐 기다릴 때만 섬광처럼 번쩍였다가 다시 잿
빛으로 돌아갔다. 그 짧은 섬광마저 없으면 내 인생은 아무것도 아니었다.

돈을 빌릴 생각은 전혀 안 했다. 조서준과 정재현에게 당한 치욕이
너무나 강렬했기 때문이다. 삶이 다시 무료했다. 아무런 의미 없는 삶이
었다. 내 삶에 희망은 사라졌다. 도박에 빠지기 전보다 더 허무했다.

개학했다. 이제 3학년이다. 우울한 등교였다. 현수막에는 6개월 전과 비슷한 글씨가 나부꼈다. 도박에 인생을 베팅하지 말라는 경고 위로 서예은이 받은 상이 번쩍였다.

'예은이는 한결같구나.'

이제 예은이는 나를 보아도 모른 척했다. 하기는 도박에 빠지지 말라고 그렇게 경고했는데 무시하고 도박에 빠진 내가 얼마나 한심하겠는가?

내가 그렇게 부러워하는 장태오와 같은 반이 되었다. 장태오는 여전했다. 아니, 더 잘나갔다. 다들 장태오 주변에 모여들었다. 마치 연예인 같았다.

'내가 저러고 싶었는데……'

꿈은 장태오인데 현실은 오재일이었다.

개학하고 셋째 주, 도박 예방 교육을 했다. 학교에서도 어떤 낌새를 알아챈 모양이었다. 나는 맨 뒤에 앉았다. 강사가 영상을 보여 주며 뭐라고 떠들어 댔다.

강사는 도박은 게임이 아니라고 했다.

'뭔 소리야? 간단한 게임인데 뭘 모르네.'

강사는 도박이 질병이라고 했다.

'풋! 도박이 질병이라니…… 병원에 가야 한단 말이야? 미치겠군.'

강사는 도박으로는 돈을 딸 수 없다고 했다.

가장 어처구니없는 말이었다.

소년 프로파일러와 도박의 유혹

'나야 그렇지만 장태오는 수백만 원을 땄어.'

'잃는 사람도 있지만 딴 사람도 있다고.'

'저 강사는 현실을 참 모르네.'

강사는 도박은 절대 혼자 힘으로 끊을 수 없다고도 했다.

'나는 언제든 도박을 끊을 수 있어!'

나는 강사가 하는 말마다 속으로 반박했다.

근거 없는 강의에 질려 스마트폰을 몰래 꺼냈다. 익숙하게 손이 움직였다. 그 자리에서 도박했다. 도박예방교육장에서 도박을 한 것이다. 지금 생각하면 미친 짓이었지만 그때는 짜릿했다.

베팅하고 결과가 나오길 기다리다 강사를 보았다. 그러다 문득 깨달았다. 어쩌면 나는 스스로 도박을 끊을 수 없는 지경에 이른 것이 아닐까? 언제든 끊을 자신이 있다고 믿었는데 그러지 못하는 것이 아닐까? 그 생각이 든 순간, 스마트폰을 껐다. 도박을 멈추었다. 베팅해 놓고 결과를 보지 않은 것이다. 나로서는 놀라운 선택이었다.

내게 찾아온 기회였다. 강사를 찾아가 도박 중독을 고백하고 도움을 받으면 어떨까 하는 생각마저 들었으니 더할 나위 없이 좋은 기회였다. 아마 그다음 사건이 없었다면 나는 도박에서 벗어나는 계기를 잡았을 것이다.

그 일이 나를 지금 이 지경이 되도록 만들었다. 그때는 행운이라고 생각했던 사건이 나중에 보니 불행이었다. 불행과 행운을 구분하지 못할 만큼, 내 뇌는 이미 정확한 사고 능력을 잃어버린 상태였다.

• 3막 •

다이아몬드

그것은 위험한 전염병입니다

◆A
10m 앞에 두고

강의가 끝나고 강사를 찾아가려고 했다. 나는 도박 중독자고 도움이 필요하다고 고백하기로 했다. 강사가 저 멀리 보였다. 강사에게 다가갔다. 거리가 10m로 줄어들었다. 10m만 가면 이제 구원받을 수 있었다. 10m만 가면 다른 삶을 살 기회를 얻을 수 있었다. 안타깝게도 나는 그 10m를 돌파하지 못했다. 장태오 때문이었다.

갑자기 장태오가 나를 붙잡았다.

"야, 이우진! 나랑 같이 가자."

강사를 만나야 한다는 말이 나오지 않았다. 장태오가 내뿜는 카리스마에 눌렸다. 무엇보다 평소에 부러워하던 장태오가 나를 찾는 까닭이 궁금했다. 장태오는 나를 학교 뒤편 으슥한 곳으로 데려갔다. 그곳에는 정승필, 박민우, 신준영도 있었다. 그 외에도 학교에서 제법 잘나간다는 아이들이 여럿 보였다. 그들은 벽에 일자로 기댄 채 우리를 기다리는 중이었다. 장태오가 벽 가운데에 섰다. 그러자 귀퉁이에 서 있던 조서준과 정재현이 장태오 앞으로 나왔다. 나는 조서준 바로 옆에 어정쩡하게 섰다. 예전에 맞았던 기억이 났다. 조서준이 가만히 있는데도 나는 몸이 떨렸다.

"야, 조서준, 정재현! 솔직히 말해."

장태오가 무섭게 다그쳤다.

"우진이한테 얼마 빌려줬어?"

"20만 원."

조서준이 말했다.

"나도 20만 원."

정재현이 답했다.

"40만 원 맞아?"

장태오가 내게 물었다. 살벌한 분위기에 입이 떨어지지 않았다. 나는 힘들게 고개를 끄덕였다.

"좋아. 40만 원 빌려줬다는 건 확인."

장태오는 입술을 찡그리더니 침을 뱉었다.

"이자는 얼마 받았어?"

조서준이 나를 째려보았다. 눈에서 무서운 살기가 일었다. 얻어맞았던 기억이 되살아났다. 그 끔찍한 치욕이 생생하게 살아났다. 입술이 바들바들 떨렸다.

"당연히 합쳐서 100만 원."

조서준이 거짓말했다. 거짓말이라고 소리치고 싶었다. 그러나 나에게는 그럴 만한 용기가 없었다.

"정재현, 저 말이 맞아?"

장태오가 무섭게 노려보았다.

"어, 맞아. 둘이 합쳐서 100만 원 받았어."

정재현 목소리가 살짝 떨려 나왔다.

"이 새끼들 봐라. 다 알고 있는데 내 앞에서 거짓말을 해."

장태오가 얼굴을 찡그렸다. 옆에 있던 아이들이 일제히 한 걸음 앞으로 나왔다.

"솔직히 안 불어?"

장태오가 거듭 다그쳤다.

조서준이 나를 째려보았다. 살기가 어른거렸다. 입 닥치라는 신호였다.

"맞다니까. 이자 최고선이 150%잖아. 그래서 그렇게 받았어."

조서준은 꿋꿋하게 거짓말했다.

"그렇단 말이지. 그럼 이우진한테 물어보자. 너 얼마 갚았어?"

나는 어떻게 대답할지 몰라 망설였다. 100만 원이라고 해야 할지, 400만 원이라고 해야 할지 결정할 수 없었다. 그 어떤 베팅보다 어려웠다. 그러다 조서준이 불끈 쥔 주먹이 보였다. 조서준과 정재현은 언제든 나에게 복수할 놈들이었다. 장태오가 나를 보호해 줄 리는 없었다. 정승필, 박민우, 신준영이 나와 가깝게 지냈지만 그렇다고 저들이 나를 보호해 줄 이유는 없었다. 주먹은 바로 옆에 있었다. 그때 겪었던 치욕을 더는 겪기 싫었다.

"100만 원…… 맞아."

나는 떨면서 대답했다.

"거 봐. 맞다잖아."

조서준이 의기양양하게 대꾸했다.

"핏!"

장태오가 헛웃음을 쳤다.

"이 새끼들이 장난치네."

장태오가 느리게 움직였다.

"우진이 너, 아주 호되게 당했지?"

장태오는 다 안다는 듯이 말했다.

"하기는 뭐, 우리가 좀 과격하기는 하지."

우리라니, 기묘한 표현이었다.

"사람 많은 데서 모욕하고, 흉기로 협박하고, 아마 부모님께 알린다
고도 했을 거야."

모두 맞는 말이었다. 도대체 장태오는 그것을 어떻게 알고 있을
까? 혹시 '우리'라는 표현과 관련 있을까?

"무섭겠지. 그러라고 협박한 거야."

장태오는 내 어깨를 툭 치고 지나갔다.

"그렇지만 말이야."

장태오는 조서준의 어깨도 쳤다.

"내 앞에서는 진실을 말해야 해. 왜냐하면……."

조서준의 어깨를 쓰다듬던 장태오가 갑자기 주먹을 휘둘렀다. 주먹
은 조서준 옆구리에 박혔다. 조서준은 '헉' 하고 신음을 내며 몸을 숙였

다. 장태오는 그 옆에 선 정재현 옆으로 천천히 다가갔다.

"나는 다 안다고 분명히 말했어. 그런데 그걸 안 믿더라고."

장태오는 정재현의 어깨를 어루만졌다.

"그치, 재현아? 내 말을 안 믿으니까 이렇게 거짓말하는 거지?"

정재현이 바들바들 떨었다.

장태오는 어깨를 툭툭 치더니 주먹으로 정재현 옆구리를 때렸다. 정재현은 풀썩 쓰러졌다.

"내가 그렇게 여러 번 말했는데, 이 새끼들이 내 말을 안 믿어요."

장태오는 몸을 숙인 조서준을 발로 걷어찼다. 발뒤꿈치로 정재현의 등을 내리찍었다. 그러고는 무차별 구타를 가했다. 내가 맞던 장면이 떠올랐다. 조서준과 정재현은 피투성이가 되어 바닥을 나뒹굴었다. 장태오는 구타를 멈추고 뒤로 물러나 쪼그리고 앉았다.

"너희들이 지렁이야? 바닥에서 구르게. 일어나서 안 꿇어?"

조서준과 정재현은 재빨리 무릎을 꿇었다.

장태오는 다시 그들의 어깨를 토닥거렸다.

"이게 무슨 꼴이야, 응?"

장태오는 다시 부드러워졌다.

"다시 묻자. 얼마 받았어?"

장태오가 물었다.

"100만 원이야. 믿어 줘."

조서준은 끝까지 발뺌했다.

"이 새끼…… 대단하네. 그러니까 넌 내가 모른다고 믿는 거지? 우진이가 겁나서 솔직하게 털어놓지 못할 거라 믿는 거고?"

장태오는 조서준의 어깨를 두 번 더 두드리더니 피식 웃었다. 그 웃음에서 자신감과 잔인함이 묻어났다. 장태오가 저런 존재였나 싶었다. 교실 뒤에서 최동민과 희희낙락하며 놀던 때와는 사뭇 달랐다.

"그럼 내가 말해 주지. 뒤에 0을 하나 더 붙였어. 그러니까 400만 원을 돌려받은 거야. 언제 받았는지도 알려 줘? 올해 1월 21일부터 하루 30만 원씩 14일에 걸쳐서 송금했어. 내 말이 맞지?"

마치 장태오는 직접 본 사람처럼 말했다. 믿기지 않았다.

"미친 새끼들, 이자로 0을 하나 더 붙여서 받아?"

장태오는 조서준과 정재현의 뺨을 세게 후려갈겼다.

"믿어 줘. 우리는 안 그랬어."

조서준은 끝까지 버텼다. 증거가 없다고 믿는 것 같았다.

"너 이 새끼, 나한테 증거가 없다고 믿는구나? 대단하네. 끝까지 그런다 이거지."

장태오가 벌떡 일어났다.

"야, 이우진! 너 솔직히 말해. 얼마 갚았어?"

장태오가 매섭게 물었다.

나는 여전히 어떤 대답을 할지 선택하지 못했다.

"이제껏 너를 피해자 대우해 줬어. 지금부터 거짓말하면 너도 가만 안 돼."

장태오 눈빛만 보아도 무서웠다. 장태오는 둘보다 훨씬 무서운 존재였다.

"뒤에 0을 붙였어, 안 붙였어?"

나는 선택을 끝냈다.

"붙였어. 처음에는 농담인 줄 알았는데 진짜였어."

장태오가 기분 좋게 웃었다.

"이래도 아니라고?"

장태오가 다시 조서준에게 물었다.

"저 새끼 거짓말이야!"

조서준이 힘겹게 저항했다.

그러나 정재현은 그렇게 모질지 못했다.

"서준이가 그렇게 하자고 했어. 나는 반대했는데……."

그것으로 끝이었다. 장태오는 조서준을 냅다 걷어찼다.

무지막지한 폭행이 뒤를 이었다. 장태오가 아니었다. 뒤에 선 이들이 다 달려들어 조서준을 팼다. 마치 폭력 조직 같았다. 조직원들은 누더기가 된 조서준을 일으켜 세워 무릎을 꿇게 했다.

"너희들이 받을 몫은 100만 원이었어. 너희들은 부당하게 300만 원을 갈취한 거야. 그러니 그 돈은 우진이한테 돌려줘."

300만 원을 되돌려 받는다고? 믿기지 않는 선언이었다.

"그 돈은 다 썼는데……."

정재현이 간신히 대꾸했다.

"그래? 그럼 갚아야지. 기한은 얼마 줄까? 그래 너희들 사정도 있으니 한 달 줄게. 한 달 내로 우진이한테 300만 원 갚아. 알지? 그 기한 내에 못 갚으면 그때부터 이자 쳐서 받는다. 이자는 조직의 규칙과 동일하고. 이의 있어?"

"아니."

정재현이 대답했다.

"조서준! 넌 대답 안 해!"

장태오가 윽박질렀다.

"갚을게. 한 달 내로."

조서준이 간신히 대답했다.

"그래, 그래야지. 너희는 돈을 갚을 때까지 자격 정지야. 회의 참석도 안 돼."

장태오는 단호하게 선언했다.

내게 이런 행운이 오다니, 믿을 수가 없었다. '조직'. '자격 정지', '회의'는 중3에게 어울리지 않는 어휘였지만 그때는 그것을 판단할 겨를이 없었다. 300만 원이 손에 들어온다는 생각에 그저 기쁘기만 했다. 엄청난 행운이라고만 여겼다. 그리고 그 300만 원과 함께 도박에서 벗어나겠다는 티끌 같은 결심은 뿌연 흙먼지 속으로 사라져 버렸다.

◆3
예상치 못한 제안

한 달 뒤를 손꼽아 기다렸다. 장태오가 보장하니 조서준과 정재현은 내게 돈을 갚을 수밖에 없을 것이다. 떼먹을 염려가 없는 돈이었다. 할머니가 떠올랐다. 다시 넣어 드릴까? 아니다. 할머니 돈은 400만 원이다. 나는 300만 원만 돌려받는다. 100만 원은 어떻게 했냐고 물으실 것이 뻔하다. 300만 원에서 400만 원으로 불리는 것은 쉽다. 원금을 그대로 돌려드려려 한다. 조금 더 크게 불려서 이자까지 드릴까? 즐거운 상상이었다. 인생이 다시 황금빛으로 물들었다. 한 달, 기다리기에는 너무 긴 시간이었다.

모임이 마무리되자 장태오가 나를 따로 데리고 갔다. 으슥한 곳에 단둘이 마주 앉았다. 장태오는 나를 가볍게 어르고 달랬다. 마치 어른이 아이를 다루는 것 같았다. 나는 얌전히 아이 노릇을 했다. 솔직히 그 상황에서 장태오는 어른이고 나는 아이였다.

"너 돈 많이 필요하지?"

당연히 필요했다.

"한 달은 길어. 그치?"

장태오는 내 속에 들어갔다 나온 듯했다.

"내가 널 키워 주고 싶은데, 괜찮지?"

무슨 말인지 이해가 되지 않았다.

"필요한 애들한테 돈 빌려주고 돌려받는 사업이야."

장태오는 '사업'임을 강조했다.

"나한테는 돈이 없어."

내가 말했다.

"빌려줄 돈은 내가 대줄게."

장태오는 어깨를 으쓱했다.

"돈을 빌려주고 나한테는 이자를 70%만 붙여서 돌려주면 돼."

70%는 엄청난 이자다. 그러나 그때는 70%가 별로 크지 않은 이자 같았다. 두 배는 기본이고 뒤에 0이 하나 더 붙는 이자도 겪었기 때문이다.

"그러니까 원금이 10만 원이면 17만 원을 돌려줘야 하는 거야. 정해진 날짜에는 무조건 17만 원을 갚아야 해. 네가 빌려준 채무자가 못 갚으면 네가 대신 갚아야 하고. 알아듣겠어?"

나는 고개를 끄덕였다.

"나머지 이자는 알아서 붙여. 단 이자 제한이 있어."

그제야 나는 장태오가 조서준과 정재현을 다그치며 했던 말이 떠올랐다.

"150%까지인 거지?"

"그래 150%. 그러니까 10만 원이 원금이면 25만 원 내에서는 네가 마음껏 받아도 돼. 그건 네 능력이야. 이런 걸 능력급제라고 하지."

장태오는 계속 유식한 단어를 썼다. 장태오답지 않은 어휘였다. 장태오는 공부를 못 한다. 아니 안 한다. 성적은 뒤에서 몇 손가락 안에 든다.

"딱 좋지. 원금이 10만 원이면 돈 한 푼 안 들이고 넌 그냥 7만 원까지 먹는 거야. 나도 7만 원, 너도 7만 원. 이게 바로 공평이지."

장태오는 공평이란 어휘를 쓰고는 유난히 즐거워했다.

"질문이 있어."

"응. 해."

"왜 150%야?"

장태오는 어깨를 으쓱했다.

"적당하니까."

150%가 왜 적당한지는 설명하지 않았다.

"정승필, 박민우, 신준영이 네 친구들이지?"

그들이 마치 장태오 부하처럼 서 있던 모습이 생각났다.

"2학년 때 친하게 지내기는 했어."

"걔들이 작년 말부터 좀 달라지지 않았어?"

맞는 말이었다. 밝게 지내는 모습이 몹시 부러웠다. 내 처지와 대비되어 더 빛나 보였다. 그때는 단지 운이 나보다 좋나 보다 여겼다.

"걔들이 내 덕을 보잖아. 어때? 같이 할래?"

다른 선택은 없었다. 좋은 제안을 마다할 이유가 없었다. 그러다 문득 궁금했다. 장태오는 여러 사람에게 목돈을 빌려줄 만큼 도박으로 대박을 터트렸을까? 내 경험에 따르면 도박으로 그렇게 큰돈을 버는 것은 불가능한데…….

"네가 그렇게 돈이 많아?"

"짜식, 그딴 건 묻지 말고. 할지 안 할지만 결정해."

"할게."

"좋아. 아주 좋아."

장태오가 지갑을 꺼냈다. 지갑이 두툼했다. 중학생의 지갑이 아니었다.

"자, 받아."

50,000원짜리 두 장이었다. 선뜻 받지 못했다.

"이건 네 활동비야. 고객을 잡으려면 사업비가 필요하니까."

"이자가 얼마야?"

"이자는 무슨…… 이 돈은 그냥 너한테 주는 거야."

믿기지 않았다.

"호구를 잡아. 절대 도박하는 데 쓰지 말고."

나는 10만 원을 받았다.

"너도 아까 봤지? 난 다 알아. 그러니 엉뚱한 짓은 하지 마."

◆4
호구를 잡아라

먹잇감은 많았다. 이미 도박이 유행이었기 때문이다. 도박하는 아이들은 표가 났다. 경험에 근거해서 돈에 목마른 아이를 찾았다. 신중하게 접근했다. 꼭 성공해야 했다. 10만 원은 그냥 준 돈이 아니다. 선심 쓰듯이 주었지만, 성과를 내라는 지시다. 실패하면 나를 가만두지 않을 것이다.

며칠 동안 관찰하며 예비 후보를 여러 명 골랐다. 그중에서 호구로 적당한 대상을 고르기 위해 고민에 고민을 거듭했다. 만만하고 돈 관념이 없어야 했다. 고심 끝에 대상을 선정했다. 바로 한지훈이었다. 한지훈은 성격이 여렸다. 도박에 안달이 난 상태였다. 돈이 모자란 기색도 엿보였다. 나는 신중하게 접근했다. 일단 자연스럽게 도박 이야기로 가까워졌다. 내가 말을 걸자 한지훈은 꽤 좋아했다. 나는 내 경험을 들려주었다. 물론 실패담은 전하지 않았다. 내가 성공했던 베팅만 살짝 과장했다.

"힘들게 공부해서 뭐 하냐? 간단하게 돈을 벌 수 있는데⋯⋯."

도박이 좋다는 인식도 심어 주었다.

"내가 한턱낼까? 어제 좀 땄는데."

편의점에 데려가서 가볍게 쏘기도 했다. 그러면서 혹시 돈이 필요하

소년 프로파일러와 도박의 유혹

면 말하라고 넌지시 건드렸다.

도박에 빠지면 판단 능력이 떨어진다. 나도 그랬다. 도박에 대한 나쁜 말은 귀에 안 남는다. 어떻게든 도박을 좋게 포장하려고 든다. 돈이 급하면 앞뒤 가리지 않는다. 빚을 쉽게 여긴다. 판단 능력이 떨어진 탓이다. 한지훈이 나와 같은 상태였다.

한지훈은 바로 다음 날 넘어왔다. 나는 일단 4만 원을 건넸다. 원금만 돌려줘도 된다고 했다. 한지훈은 금방 불려서 갚겠다고 했다. 나는 한지훈이 어떻게 될지 이미 알았다. 다음 날 한지훈은 풀이 죽어 있었다.

"아깝게 잃었지?"

나는 일부러 그렇게 말했다. 아쉬움은 도박을 다시 하게 만드는 원동력이다. 다시 하면 딸 것이라고 믿게 하는 자극제다. 물론 소망대로 되는 일은 드물다.

내가 격려하자 한지훈 표정이 밝아졌다. 다시 4만 원을 빌려주었다. 이번에는 이틀 뒤에 풀이 죽은 표정이 되었다.

"다시 하면 딸 수 있을 거야."

내가 격려했다.

"돈 좀 더 빌려줄래?"

드디어 한지훈이 미끼를 물었다. 이제 영업할 차례였다. 나는 8만 원은 원금만 나중에 돌려주면 되지만 앞으로 빌려줄 돈은 그럴 수 없다고 했다. 이자를 붙여서 갚아야 한다고 했다. 한지훈은 그러겠다고 했다. 금액을 묻자 한지훈은 잠시 고민하더니 손가락을 두 개 폈다. 20만 원이었다.

나는 곧바로 장태오에게 보고했다.

"한지훈이 20만 원 빌려 달래."

"오, 빠르네. 아주 좋아."

장태오는 나를 칭찬했다. 기분이 좋았다.

그러면서 새로운 번호를 알려 주었다. 내가 알던 장태오 전화번호가 아니었다.

"내 휴대폰으로는 사업에 관한 문자나 전화는 앞으로 절대 하지 마. 사업은 이 번호로만 연락해. 어기면 안 돼."

마지막 말이 무섭게 들렸다.

곧바로 텔레그램에 새 번호가 떴다. 나는 원하는 금액과 내 통장 번호를 보냈다. 장태오는 갚을 기한과 주의할 점을 보내왔다. 문자는 확인하자마자 사라졌다. 얼마 뒤 통장에 돈이 입금되었다. 20만 원이었다. 일부를 떼서 도박에 쓰고 싶은 충동이 일었다. 그러나 '다 알고 있다'는 경고가 무서워서 참았다. 나는 한지훈을 불렀다. 한지훈이 오는 동안 고민했다.

이자는 얼마로 할까? 70%는 장태오에게 주어야 한다. 150%까지는 이자를 붙여도 된다고 했다. 원금이 20만 원이니 이자가 최대 30만 원이다.

'일단 부담 없게 가자.'

내 몫은 30%로 정했다. 그럼 이자가 20만 원이다. 첫 거래이니 그 정도가 적당했다. 한지훈은 돈에 눈이 먼 상태였다. 이자율 100%가 의미하는 바를 깊이 생각하지도 않았다. 역시 도박은 판단 능력을 마비시킨다.

나는 장태오와 연결된 뒤로 안정을 찾았다. 도박을 실컷 하지는 못했지만 괜찮았다. 나중에 목돈을 손에 쥐면 된다. 마음이 편해지니 주변을 자세히 관찰하게 되었다. 이전에는 내 도박에 몰두해서 주변을 살필 겨를이 없었다. 많은 정보가 들어왔다. 다양한 사건도 목격했다. 나를 중심으로 사건이 돌아가는 착각마저 들었다. 조금은 신기한 경험이었다.

첫 대상은 조서준과 정재현이었다. 그들은 그새 호구를 잡았다. 그 대상은 임형민이었다. 그들은 임형민을 잔인하게 다루었다. 나를 몰아칠 때만큼 심했다. 내가 저런 꼴을 당했다니, 생각할수록 몸서리가 쳤다. 학교 폭력 따위로 신고할 생각은 없었다. 저들이 성공해야 내 돈이 생긴다. 그들이 더 잔인하게 임형민을 다루길 은근히 바랐다. 못된 줄 알지만 어쩔 수 없었다.

최동민도 눈여겨보았다. 최동민이 이끄는 조직은 장태오와 달랐다. 장태오와 최동민은 이제 서로를 껄끄럽게 여겼다. 복도에서 마주쳐도 모른 척했다. 최동민을 따르는 아이도 많았다. 규모는 엇비슷했다. 최동민이 하는 일도 장태오와 같았다. 아이들을 도박에 끌어들이고, 돈을 빌려주고, 이자를 높게 쳐서 받았다. 이자율은 장태오 조직과 다르지 않았다.

도박은 남학생만 한다고 생각했는데 아니었다. 남학생보다 적었지만 여학생들도 꽤 많은 수가 도박을 즐겼다. 내가 직접 목격한 아이는 안현서다. 안현서는 이미 심각한 단계였다. 빚도 꽤 많이 진 듯했다. 전서윤은 틈만 나면 안현서에게 빚을 갚으라고 닦달했다. 전서윤은 1학년 때부터 학교에서 여자 일진으로 유명했다. 거친 녀석들도 전서윤은 웬만하면 피했다. 전서윤은 장태오와 가까웠다. 겉으로는 아니라고 하지만 둘이 사귀는 것 같았다.

이런저런 관찰도 많이 하고 정보도 습득했지만 내 중심은 한지훈이었다. 한지훈이 빌려 간 돈을 어떻게 했는지 알아야 했다. 도박으로 돈을 벌어서 갚을 가능성은 없었다. 따기 어렵기 때문은 아니었다. 따도 그 돈을 다시 도박에 쓰기 때문이다. 도박에 빠지면 딴 돈이 다 없어질 때까지 베팅한다. 돈이 없어져야 베팅을 그만둔다. 한지훈이라고 예외일 리 없었다.

어느 날, 한지훈이 다시 손을 내밀었다. 돈을 빌려 달라고 했다.

"빌려 간 돈이나 갚아. 새끼야."

나는 일부러 욕을 붙였다.

"두 배로 갚는 거 알지?"

한지훈은 멍하니 내 입만 보았다.

"정해진 날짜까지 못 갚으면 가만 안 둘 테니 알아서 해."

나는 제법 강하게 협박하고 한지훈의 어깨를 툭 쳤다. 한지훈이 움찔하는 것이 느껴졌다.

'이런 맛에 어깨를 치는구나!'

의기양양하게 나가다가 앞을 못 보고 어떤 놈과 어깨를 부딪쳤다.

"뭐야?"

나는 거칠게 쏘아붙였다.

차가운 눈, 윤도균이었다. 살짝 부담스러웠지만, 한지훈이 뒤에 있기에 강한 모습을 보여야 했다.

"째려보면 어쩔 건데?"

윤도균이 눈을 가늘게 떴다.

"분수를 지켜."

나를 깔보는 말투였다. 기분이 나빴다.

"적당히 해."

윤도균은 언제나 이런 식이다. 공부 좀 잘하고 집이 부자라고 자기가 학교에서 제일 잘난 줄 안다.

"조심해. 선 넘지 마."

윤도균이 어깨를 툭 치고 지나갔다. 내 어깨를 일부러 치다니, 한 대 쥐어 패고 싶었다. 그러나 참아야 했다. 윤도균을 건드리면 선생들 귀에 바로 들어간다. 저 새끼는 인간미가 없다. 주변에 친구도 없다. 공부만 잘하는 기계 같은 놈이다. 선생들은 공부만 잘하면 다 괜찮은 학생인 줄 안다. 예은이는 공부도 잘하고 인간미도 있다. 그러고 보니 예은이와 대화를 나눈 지도 오래되었다.

♦6
어색한 모임

장태오가 불렀다. 장소는 중국집이었다. 규모가 꽤 컸다. 2층 방으로 갔다. 정승필, 박민우, 신준영도 거기 있었다. 조서준과 정재현을 겁박할 때 모였던 바로 그 구성원이었다. 장태오가 나를 소개했다.

"다들 우진이 알지?"

모두 내게 손을 흔들었다.

"이제부터 같은 식구니까 잘해 줘."

장태오가 내 어깨를 두드렸다. 나는 어색하게 손을 들었다 내렸다.

"일단 먹자."

그때까지 음식을 두고도 먹지 않던 아이들이 일제히 젓가락을 들었다. 그들이 하는 꼴이 마치 어떤 조직 같았다. 나는 장태오 바로 옆에 앉았다. 다들 시끌벅적하게 떠들며 음식을 먹었다. 나는 조용히 젓가락을 놀리며 그들이 하는 대화에 귀를 기울였다. 주된 대화 주제는 도박이었다. 대부분이 나도 이미 경험한 내용이었다. 음식을 다 먹을 때쯤 돈을 빌려주고 받는 방법에 관한 경험담이 쏟아졌다. 내가 이미 당했던 방법도 있고, 전혀 새로운 방법도 있었다.

특히 부모를 협박하는 방법이 귀를 잡았다. 협박도 종류가 다양했다. 그중에 순진한 척하며 접근하기와 전과자가 될 위험을 과장하는 방법

소년 프로파일러와 도박의 유혹

이 괜찮게 들렸다. 그들은 그 외에도 다양한 영업 방법을 공유했다. 계속 화기애애하지는 않았다. 소소한 말다툼이 일어나기도 했다.

"성준이는 내 고객이라고."

"몰랐다고 했잖아?"

"몰랐다고 하면 다야?"

"내가 무슨 예언자라도 되냐?"

언성이 높아지자 장태오가 끼어들었다.

"누가 먼저 잡았냐?"

김영찬이 손을 들었다.

"그럼 영찬이 걸로 해. 형규 넌 좀 알아보고 영업하고."

"급히 빌려 달라는데 언제 확인하고 있어?"

"단톡방은 뒀다 뭐 하냐? 새 고객은 영업하기 전에 확인해. 고객이 늘어서 복잡해졌으니까 조심들 하고."

그렇게 말다툼은 깔끔하게 정리되었다.

"물어볼 게 있는데……."

박민우가 말했다.

"뭔데?"

"최동민이 관리하는 애들을 대상으로 영업해도 돼?"

"해도 돼. 싸움만 나지 않게 조심하고."

"동민이 패거리가 싫어할 텐데."

"어차피 그쪽이랑 우리는 좋은 뜻을 추구하는 경쟁업체야. 너무 심하지 않게만 하면 괜찮아."

장태오는 마치 회사를 운영하는 사장님 같았다. 카리스마가 느껴졌다. 어느 정도 대화가 마무리되자 장태오가 내 어깨를 감쌌다.

"너도 좀 늘려야지? 그래야 소득도 늘고. 안 그래?"

조언이 아니라 명령이었다.

"참, 넌 토토 안 하냐?"

나는 안 한다고 대답했다.

"새끼들이 예전에는 토토를 하더니 요즘은 전부 홀짝만 한다니까. 도박은 토토가 짱인데……."

장태오는 스포츠토토가 얼마나 멋진 도박인지 거듭 찬양했다. 아무도 동조하지 않았다. 나는 묵묵히 듣기만 했다.

"다음 모임은 2주일 뒤, 장소는 나중에 공지한다."

모임이 끝나고 장태오는 나를 텔레그램 단체 대화방에 초대했다.

소년 프로파일러와 도박의 유혹

　지각 변동이 일어났다. 예상치 못한 사건이었다. 알 만한 아이들끼리 모이기만 하면 그 이야기를 했다. 그러나 왜 그런 일이 벌어졌는지는 아무도 몰랐다. 이곳저곳 수소문했지만 명확한 이유는 알 수 없었다. 조직 단톡방에서도 몇 번 화제로 떠올랐다. 그곳에서도 답을 듣지 못했다.

　나는 그새 고객을 한 명 더 확보했다. 때마침 장태오가 가까운 데 있어서 직접 돈을 요청했다.

　"제법이야!"

　장태오는 나를 칭찬했다. 칭찬을 들으니 기뻤다. 장태오는 나와 동갑인데 동갑 같지 않았다. 내게는 없는 형 같았다. 나는 은근히 내 능력을 자랑했다. 장태오는 거듭 내 어깨를 두드렸다. 나는 기회를 보아서 물었다.

　"동민이는 어떻게 된 거야?"

　"그 새끼……."

　장태오는 주변을 살폈다. 아무도 없었다. 장태오가 눈치를 보다니 뜻밖이었다.

　"누구한테 말하지 마라."

　나는 절대 말하지 않겠다고 다짐했다.

"딴 놈들은 입이 가벼워서."

입을 놀리면 가만두지 않겠다는 경고로 들렸다.

"딴 주머니를 찼거든."

딴 주머니라니, 이해할 수 없는 말이었다.

"그게 무슨 말이야?"

"말 그대로야. 딴 주머니를 찼다고."

최동민은 조직을 이끄는 대장이다. 대장이란 지위와 딴 주머니란 표현은 어울리지 않았다. 대장이 자기 돈도 마음대로 쓰지 못한단 말인가?

"내가 그렇게 딴 주머니 차면 안 된다고 했는데, 내 말을 무시하더라고. 그러다 된통 당한 거지."

"누구한테 당했다는 거야?"

"그런 게 있어. 넌 몰라도 돼."

나는 머리를 굴렸다. 선생들이 개입했을 가능성은 없다. 선생들을 빼면 장태오와 최동민을 건들 사람이 학교에는 없다. 그렇다면 '그 누구'는 학교 밖에 있는 존재일 가능성이 컸다. 학교 밖이면 고등학생일까? 아니면……

'설마?'

나는 비집고 올라오는 어둠에 화들짝 놀랐다. 만약 내 짐작이 맞다면 놀라운 일이었다. 그리고 이 모든 일이 이해되기도 했다. 강한 힘, 많은 돈, 치밀한 조직 등이 모두 설명되었다.

'조직폭력배와 연결된 게 분명해.'

124

더는 묻지 않았다. 내가 알 필요가 없는 영역이었다. 아니 알아서 좋을 것이 없는 영역이었다. 그리고 조금 무서웠다. 이 모임에 계속 속하는 것이 좋을지 걱정되었다.

◆8
비참한 신세

김은성이 최동민의 자리를 차지했다. 내부 경쟁으로 정한 것 같지는
않았다. 김은성은 대단한 놈이 아니었다. 나보다 잘난 것이 없었다. 그
조직에는 더 거친 녀석도 많았다. 그런데도 아무도 이의를 제기하지 않
았다. 외부에서 입김이 작용했다는 뜻이다. 아무래도 내 추측이 맞는 듯
했다.

대장이 되자 김은성이 바뀌었다. 일단 씀씀이가 커졌다. 아이들에게
쏘는 모습이 자주 보였다. 아이들을 대하는 태도도 바뀌었다. 다른 아이
들도 김은성을 어려워했다. 내가 기억하는 김은성이 맞나 싶었다. 다들
그리 대하니 나도 조심스러웠다. 괜히 김은성 근처에 가면 주눅이 들
었다.

김은성이 잘나간다면 최동민은 철저히 무시당했다. 모두 최동민을
아예 없는 사람으로 취급했다. 대화하길 꺼리고, 같이 어울리지도 않았
다. 아부하고 뒤따르던 녀석들일수록 더 심했다. 얼마 전까지 그 앞에서
설설 기던 아이들이 맞나 싶었다. 그러나 그 상태가 차라리 나았다. 그
뒤에는 더 황당한 일이 벌어졌다.

최동민이 몰락하고 2주일쯤 뒤였다. 나는 세 번째 고객을 확보하려
고 노력하던 중이었다. 거의 넘어온 상태였다. 살살 달래서 보내고 스마

소년 프로파일러와 도박의 유혹

트폰을 보는데 둔탁한 타격음이 들렸다. 욕도 이어졌다. 맞으면서 내는 신음도 뒤를 이었다. 학교 폭력이 벌어지는 현장이었다. 처음에는 피하려고 했다. 괜히 귀찮은 일에 말려들기 싫었다. 그러나 호기심이 귀찮음을 이겼다.

들키지 않게 접근했다. 몸을 바짝 숙이고 머리를 살며시 내밀었다. 내 눈에 들어온 광경에 기겁했다.

"빌렸으면 갚아야지."

주먹이 복부에 박혔다. 푹 고꾸라졌다.

"일어나 새끼야."

최동민이 옷을 털면서 무릎을 꿇었다.

"안 갚을 거야?"

손바닥이 뺨을 후려쳤다.

"안 갚을 거냐고?"

뺨이 점점 붉어졌다. 최동민은 저항도 못 하고 계속 맞았다. 최동민을 때리는 놈은 박민우였다. 나와 어울리던 그 박민우 맞다. 박민우가 최동민에게 돈을 빌려주었는데, 최동민이 돈을 갚지 못한 모양이었다. 대장에서 밀려난 지 얼마 지나지도 않았는데 저런 꼴을 당하다니 믿기지 않았다. 도대체 그동안 무슨 일이 벌어진 것일까?

마음이 착잡했다. 최동민을 좋아하지도 않고 친하지도 않았지만, 그런 꼴을 보는 마음이 편하지는 않았다. 내 생각에 최동민은 단지 돈 때문에 저리된 것 같지 않았다. 감히 저항할 수 없는 강력한 힘이 뒤에 있기에 최동민이 무기력하게 당하는 것이 틀림없었다. 생각할수록 조직에 속해서 겪어야 할 미래가 걱정되었다.

　그러나 나는 빠져나가려는 시도는 하지 않았다. 방법을 몰라서라기보다는 이미 달콤한 맛에 길들여졌기 때문이다. 도박자금을 편하게 얻는 길을 놓치고 싶지 않았다. 조직에 속함으로써 얻는 안정감도 큰 영향을 끼쳤다. 조서준과 정재현에게 당한 기억은 지울 수 없는 트라우마로 남아 내가 조직에서 벗어나지 못하도록 막았다.

장태오가 불렀다. 나는 재빨리 응했다. 장태오는 박민우와 이야기를 나누고 있었다.

"어떻든?"

"꼼짝 못 하고 맞았어."

"내가 그럴 거라고 했잖아."

"1주일 내로 갚는대."

"그 새끼가? 크크, 쉽지 않을 걸."

최동민에 대한 대화 같았다. 내가 나타나자 박민우가 물러섰다.

"어, 왔어!"

장태오는 나를 보자 손짓했다. 조서준과 정재현이 나왔다.

"무슨 일이야?"

나는 조심스럽게 물었다.

"쟤들 보면 모르냐?"

조서준과 정재현이 봉투를 꺼냈다.

'설마 300만 원을?'

봉투를 장태오가 받더니 확인했다.

"300만 원 맞네. 너도 확인해 봐."

장태오가 나에게 봉투를 건넸다. 손이 떨렸다. 300만 원이라니…….
조심스럽게 봉투에 든 돈을 셌다. 50,000원짜리 지폐 60장이었다.

"확실하지?"

나는 고개를 끄덕였다.

"자, 이걸로 빚은 청산. 너희들은 다시 복귀해. 앞으로 다시는 규칙을
어기지 마. 이 정도로 끝내는 걸 다행으로 알고."

정재현은 거듭 고맙다고 하는데 조서준은 시무룩했다. 조서준의 눈
은 내가 든 봉투에서 떨어지지 않았다.

나는 그 돈을 할머니께 돌려드려야 한다고 결심했다. 그러나 100만
원이 문제였다. 할머니 통장에서 빼낸 돈은 400만 원인데 300만 원만
돌려드릴 수는 없었다. 솔직히 말하면 핑계였다. 나는 도박하고 싶었다.
400만 원으로 만들어서 돌려드리겠다는 생각은 나를 속이는 그럴듯한
명분이었다. 도박하면서 나 자신을 숱하게 속여 왔다. 내게는 도박을 정
당화하는 논리가 필요했을 뿐이다. 그 논리만 찾아내면 죄책감이 줄어
들기 때문이다.

다시 도박을 했다. 300만 원이라는 든든한 자금이 있기에 마음이 편
했다. 나는 때로는 신중하게, 때로는 과감하게 베팅을 했다. 돈을 따기
도 하고 잃기도 했다. 그러나 400만 원이 되면 멈추겠다는 결심은 실행
할 수 없었다. 돈이 점점 줄어들었기 때문이다. 그럴수록 초조해졌다.
신중함을 잃고 무모해졌다. 멈추어야 한다는 생각은 숱하게 들었지만
멈출 수가 없었다. 생각은 그만두라고 하는데 손은 벌써 베팅을 했다.
도박이 주는 쾌감도 아니었다. 그저 습관이었다. 일단 도박을 시작하면

돈이 떨어질 때까지 달리는 습관이 반복되었다. 내게는 브레이크를 밟을 결단력이 없었다.

그렇게 1주일을 보내고 내 수중에는 30만 원밖에 남지 않았다. 그때서야 멈추었다. 할머니 때문이 아니었다. 숱하게 할머니를 떠올렸지만, 도박을 멈추게 하지는 못했다. 그러나 장태오가 세운 지침이 나를 멈추게 했다. 장태오는 사고를 대비해서 돈을 남겨 두라고 했다. 30만 원이 사고를 예방하는 비용으로 충분한지는 모르겠지만 3,000,000원에서 0이 하나 빠지자 정신이 번쩍 들었다. 베팅을 멈추게 할 만큼 장태오는 두려운 존재였다. 정확히 말하면 장태오 뒤에 똬리를 튼 어둠이 두려웠다.

◆10
모든 것이 좋았다

할머니 돈을 잃고 눈이 돌아갔다. 300만 원이 계속 생각났다. 할머니 얼굴과 겹쳐서 떠올랐다. 그때마다 미칠 것 같았다. 어디든 그 분노와 안타까움을 터트리고 싶었다.

한지훈이 돈을 갚을 때가 되었기에 한지훈을 불렀다. 한지훈은 나를 실망하게 했다. 돈은 절반뿐이었다.

"나머지는 어딨어?"

"그게…… 쉽지 않아서……."

"이 새끼가 장난쳐?"

그동안 쌓였던 분노가 터졌다. 단지 할머니 돈 때문은 아니었다. 조서준과 정재현에게 당했던 억울함이 나를 건드렸다. 도박하며 잃어버린 돈들도 소용돌이쳤다. 멍청하게 계속 돈을 잃어버리는 나에게 난 짜증도 한몫했다. 무엇보다 내가 너보다 위라는 지배욕이 내 폭력성을 자극했다. 한지훈은 벌레였고 나는 그 벌레를 마음대로 해도 되는 철없는 소년이었다.

나는 주먹으로 한지훈의 배를 때렸다. 분노가 실린 주먹이었다. 나도 그렇게 세게 때릴 의도는 없었다. 온 힘이 실린 주먹에 한지훈이 바닥에 뒹굴었다.

소년 프로파일러와 도박의 유혹

"이 새끼가 엄살은……."

나는 멱살을 움켜잡고 일으켜 세웠다.

"내 뒤에 누가 있는지 알지?"

한지훈이 벌벌 떨었다.

"사흘 내로 갚아. 안 갚으면 무슨 일이 벌어질지 나도 몰라."

한지훈은 애처롭게 고개를 끄덕였다.

사흘 뒤, 한지훈은 돈을 모두 갚았다. 내 몫을 챙기고 나머지는 장태오에게 송금해야 했다. 그 돈은 욕심내지 않았다. 장태오에게 연락이 왔다. 통장 번호가 찍혔다. 수신자 이름이 장태오가 아니었다. 학교에서는 한 번도 본 적이 없는 이름이었다.

그 뒤로 나는 점점 돈을 빌려주는 고객을 늘렸다. 한지훈은 내 수족이 되었다. 한지훈이 옆에 있으니 분위기를 잡기도 쉽고, 협박도 잘 먹혔다. 장태오는 조직 모임에서 나를 칭찬했다. 영업력도 좋고, 신용도 잘 지킨다고 추켜세웠다. 인정받으니 기뻤다.

돈도 조금씩 쌓였다. 장태오가 시키는 대로 일정한 금액은 남겨 두고 도박에 썼다. 내 고객들에게 떡볶이도 샀다. 친구들과 놀 때면 내가 돈을 다 내기도 했다. 주변에서 나를 보는 시선이 달라짐을 느꼈다.

도박할 때도 마음이 쫓기지 않았다. 언제든 돈이 들어온다고 생각하니 여유로운 베팅이 가능했다. 처음으로 도박에서 딴 돈을 통장에 그대로 남겨 놓기도 했다. 모든 것이 좋았다.

◆J
마지막 수단

장태오는 조직 모임을 할 때면 규칙을 강조했다. 예전에는 툭하면 교칙을 어겨서 선생들에게 벌점을 받던 장태오였다. 이제는 선생들에게 찍히지 않으려고 교칙을 철저히 준수했다. 교복을 단정하게 입고, 쉬는 시간에 떠들지도 않고, 수업 시간에 잠도 안 잤다. 그래서 담임에게 칭찬도 받았다. 심지어 상점을 받기도 했다. 장태오가 어떤 놈인지 아는 아이들은 기겁할 노릇이었다.

장태오는 조직원이 규칙을 어기면 단호했다. 작은 위반도 무자비하게 다루었다. 평소에 장태오와 친구처럼 가까이 지내는 신준영도 예외는 아니었다. 고객이 돈을 제때 갚지 못할 때를 대비해서 돈을 남겨 두는 것은 중요한 규칙이었다. 나는 규칙을 충실히 따랐다. 도박하면서 생긴 유일한 절제력이었다. 공포와 두려움이 만들어 낸 절제였다. 그런데 신준영은 그 절제력을 발휘하지 못했다. 그 대가는 컸다.

"야, 내가 뭐랬어. 남겨 두라고 했어, 안 했어?"

장태오는 신준영을 무릎 꿇리고는 뺨을 때렸다. 말 한마디에 뺨 한 대였다.

"돈 남기고 베팅하라고 새끼야."

규칙, 욕, 뺨 때리기가 반복되었다. 신준영이 뺨을 어루만지면 더 강

소년 프로파일러와 도박의 유혹

하게 때렸다. 친구들이 보는 앞에서 당하는 모욕은 생각보다 타격이 크다. 그런 쪽팔림을 당하고 나면 다른 아이들이 자신을 보는 시선이 달라진다. 이런 꼴을 당한 적 없던 신준영으로서는 견디기 힘든 시간이었을 것이다.

"한 번만 더 규칙을 어기면 직위 박탈이야."

장태오는 이 경고를 끝으로 폭행을 멈추었다.

"네가 구멍 낸 돈은 일단 내가 채워 준다. 단 넌 1주일 내로 받아서 나한테 가져 와. 안 가져오면 알지? 그때부터 넌 내 돈을 떼어먹은 도둑놈이 되는 거야."

무서운 선언이었다. 장태오 돈을 떼어먹고 우리 학교에서 무사히 지내기는 불가능하다.

장태오에게 모욕을 당한 신준영은 악랄해졌다. 온갖 수단을 동원했다. 협박과 폭력이 통하지 않자 마지막 수단을 동원했다. 빚쟁이 부모에게 협박 전화를 한 것이다. 신준영은 장태오에게 돈을 갚으면서 무용담처럼 그 이야기를 했다. 장태오는 잘했다며 크게 칭찬했다.

나는 칭찬 대열에 동참할 수 없었다. 우리 부모에게 그런 전화가 오면 어떨지 상상하니 끔찍했기 때문이다. 아무리 빚을 받기 어려워도 그런 짓은 하면 안 된다고 생각했다. 그러나 얼마 뒤, 내가 그 짓을 하고 있었다.

◆Q
세뱃돈과 용돈

앞서도 말했듯이 내 생활은 더할 나위 없이 좋았다. 아주 만족스러웠다. 이 삶이 이대로 이어지길 바랐다. 내 고객들은 충실히 돈을 갚았고, 나는 걱정 없이 도박을 즐겼다. 그러면서 왜 이자를 최대 150%로 제한하는지 이해했다. 더 높으면 돈이 돌지 않았다. 100% 이자는 어른들이 보기에는 엄청나지만, 아이들은 별로 높다고 생각하지 않는다. 150%까지는 감당할 만했다. 그 정도는 갚아야 한다고 여겼다. 그 이상은 느낌이 달라진다. 이자가 과도하면 탈이 생긴다. 쉽게 갚지 못할 뿐 아니라, 한 번 갚고 나면 다시는 돈을 빌리려고 하지 않는다. 두려움은 돈을 쉽게 빌리지 못하게 만든다. 적당한 이자는 사업이 계속 돌아가게 하는 데 아주 중요했다.

중간 관리자가 자기 노력만큼 돈을 먹는 구조도 괜찮았다. 자기 몫을 늘리려는 욕심이 의욕을 불러일으켰다. 조직은 조금씩 커져서 피라미드 구조가 되었다. 내가 한지훈을 부하로 거둔 것이 모범이 되었다. 자기 아래에 똘마니를 두자 영업은 더 편해지고 관리도 수월해졌다. 선생들은 학교 안에서 이런 일이 벌어지는지 새까맣게 몰랐다. 하기는 선생들이 모르는 것이 어디 그뿐이겠는가?

사업을 계속할수록 이 조직과 사업이 꽤 치밀하게 준비되고 운영된

소년 프로파일러와 도박의 유혹

다는 사실을 깨달았다. 김은성이 운영하는 조직도 우리와 방식이 같았다. 이것은 중학생이 생각해 낼 만한 사업이 아니었다.

잘 나가다 우연히 돈 흐름에 말썽이 생겼다. 과도하게 판돈을 걸었다가 다 잃었다. 확실한 판이라 믿고 걸었다가 왕창 잃었다. 기분이 나빴다. 그런데 이경태란 놈이 정해진 날짜에 돈을 안 갚았다. 하는 수 없이 내 돈으로 먼저 갚았다. 눈이 뒤집혔다. 피 같은 내 돈을 감히 떼어먹다니, 용납할 수 없었다.

나는 그 어느 때보다 잔인무도하게 압박했다. 내 편안한 일상을 뒤흔든 녀석을 용납할 수 없었다. 그런데도 끝까지 돈을 갚지 않았다. 그 녀석은 갚을 능력이 없었다. 나처럼 훔치거나 사기를 치거나 거짓말하는 데 능숙하지 않았다.

마지막 방법을 써야 했다. 안 쓰고 싶었지만 어쩔 수 없었다.

"안녕하세요."

"누구지?"

"저 경태랑 친구인데요."

"어, 그래? 경태는 학원 갔는데."

"그게 아니고……."

잠시 뜸을 들였다.

"무슨 일인데?"

"그게…… 경태가 제 돈을 갚지 않아서요."

"뭐?"

당황한 기색이 뚜렷하게 전해졌다.

"제가 명절 때 받은 세뱃돈이랑 할머니께서 생일 때 주신 용돈을 모아두었거든요. 그런데 경태가 그걸 알고 빌려 달라는 거예요. 하도 사정사정해서 빌려줬는데 안 갚네요."

"그게 얼만데?"

"제가 이자도 안 받고, 그냥 원금만 돌려받으면 되거든요."

"그러니까 그게 얼마냐고?"

"100만 원이에요."

잠시 아무 말이 없었다.

"제가 경태 부모님께 이런 전화를 드리면 안 되는 줄 알지만, 제가 그 돈을 친구한테 빌려주고 못 받은 걸 저희 엄마가 아시면 저도 심하게 야단을 맞거든요. 그래서 죄송하게도 이렇게 전화를 드렸어요."

나는 잠시 뜸을 들였다. 안타까운 의성어도 몇 번 내뱉었다.

"경태한테 확인해 보세요. 제 이름은 이우진입니다."

물론 경태한테는 미리 협박해 두었다. 이자가 아니라 원금이라고 말해야 하며, 그렇지 않으면 학교에서 어떤 꼴을 당할지 각오하라고 했다.

그다음 날, 내 통장에 100만 원이 꽂혔다. 통장에 들어온 돈을 확인하니 다시 기분이 좋아졌다. 내가 나쁜 짓을 했다는 죄책감은 들지 않았다. 나는 도덕심이 마비되었고, 나쁜 짓을 하면서 얻는 쾌감과 안락함에 깊이 빠져들었다.

나는 마음 놓고 도박을 즐겼다. 말 그대로 가볍게 즐겼다. 돈을 잃어도 걱정되지 않았다. 돈은 따고 싶지만 잃어도 괜찮았다. 돈은 얼마든지 들어오니까 말이다.

◆K
체육 대회

체육 대회에서 우리 반이 우승했다. 7반을 아슬아슬한 점수 차이로 따돌렸다. 우리 반은 기쁨으로 들끓었다. 담임도 모처럼 얼굴에 웃음꽃이 피었다. 우승도 기쁜데 기쁨을 두 배로 키우는 일이 생겼다. 치킨과 피자가 단체로 배달된 것이다. 처음에는 담임이 통 크게 쏜 줄 알았다. 그런데 알고 보니 돈을 쓴 사람은 담임이 아니라 장태오였다.

"내가 쐈어. 잘 먹어."

다들 장태오를 향해 열광했다. 장태오를 탐탁지 않게 여기는 여자애들도 그때만큼은 환호했다.

"다들 고생했어."

장태오는 마치 선생처럼 말했다. 회장이 있었지만, 장태오가 우리 반을 이끄는 중심이었다.

떠들썩하게 무용담을 나누었다. 마지막에 아슬아슬하게 7반을 이겼을 때 얼마나 짜릿했는지, 피구에서 공을 피했을 때 얼마나 날렵했는지, 단체 줄넘기를 할 때 얼마나 힘들었는지, 응원하면서 얼마나 크게 소리를 질렀는지, 우리 반 단체복이 얼마나 멋있는지 등을 두고 끝없이 대화가 이어졌다.

장태오는 여기저기 다니며 생색을 냈다. 아주 자연스러웠다. 마치 선

139

생이 돌아다니며 격려하는 듯했다. 부러웠다. 정말 부러웠다. 나도 장태오가 되고 싶었다. 나도 장태오처럼 돈을 쓰고, 장태오와 같은 힘을 쥐고 싶었다. 그러나 나로서는 이룰 수 없는 꿈이었다. 내가 아무리 노력한다고 해도 장태오처럼 되기는 어려웠다.

그러다 문득 엉뚱한 생각이 들었다.

'내가 김은성처럼 되지 말란 법이 있어?'

불온한 상상이었다. 장태오가 알면 기겁할 도발이었다. 나는 혹시라도 들킬까 봐 재빨리 머리를 비웠다. 다시는 하지 말아야 할 상상이었다. 나를 위험에 처하게 하는 상상이었다. 나는 현재에 만족해야 했다. 그래야 한다고 스스로를 다독였다.

그럼에도 음흉한 속셈은 잦아들지 않았다. 과연 그런 생각을 한 사람이 나뿐일까? 아마 장태오 밑에 있는 아이들은 한 번쯤 다들 그러지 않았을까? 누가 장태오처럼 되고 싶지 않겠는가? 어마어마한 돈이 장태오가 관리하는 통장에 모인다. 장태오가 관리하는 돈은 상상을 불허한다. 그 많은 돈을 누가 손에 움켜쥐고 싶지 않겠는가?

어쩌면 그래서 장태오가 몰락했는지도 모른다. 너무나 많은 사람이 부러워하는 자리였기 때문이다. 단연코 나는 안 그랬다. 나는 욕심은 있었지만 그것을 실행할 용기도 역량도 없었다. 하지만 누가 그랬는지는 모른다. 그 뒤를 이은 놈이었을까? 그것은 모르겠다.

왜 장태오가 몰락했을까? 최동민처럼 딴 주머니를 찼을까? 그럴 가능성은 적었다. 최동민과 달리 장태오는 규칙을 철저히 지켰다. 자기 자리를 위험에 빠뜨릴 일을 벌일 놈이 아니었다. 아무리 봐도 우리 가운데

소년 프로파일러와 도박의 유혹

누가 어떤 음모를 꾸민 듯했다. 그것이 무엇인지 나로서는 알 수 없었다.

아무튼 피자와 치킨을 쏜 날, 장태오는 모든 환호성과 관심을 받았다. 다들 장태오를 부러워했고, 장태오처럼 되고 싶었다. 딱 한 사람만 예외였다.

"선 넘네. 지가 선생님이야 뭐야."

윤도균이었다. 윤도균은 피자와 치킨을 입에 대지도 않았다. 하여튼 저 녀석은 뭐든 마음에 안 든다. 공부만 잘하는 모범생은 우리가 경험하는 진짜 세상을 전혀 모른다.

· 4막 ·

스페이드

도박의 끝은 파멸입니다

♠A
돈이 멈춘 날

    갑자기 돈이 끊겼다. 장태오가 돈을 공급하지 않았다. 대출 요구는 빗발치는데 빌려줄 돈이 없었다. 모두 어찌 된 일인지 궁금해했다. 모임이 열릴 때가 아닌데 긴급 모임이 잡혔다. 늘 음식점에서 모였는데 그때는 학교였다. 모임에 먹을 것이 없으니 어색했다. 다들 어찌 된 일인지 따져 물었다. 돈이 곧 장태오가 지닌 힘이었다. 돈이 없으면 장태오를 따를 이유가 없었다. 대놓고 드러내지는 않았지만 평소에 쌓였던 불만이 은근히 표출되었다. 돈이 끊긴 이유가 궁금했다. 혹시 조직과 이어진 끈이 끊어졌을까?

    "경찰인지 교육청인지 모르겠지만 단속이 뜬대."

    답변은 의외로 싱거웠다.

    "조사하나 봐."

    조사라는 말에 질문이 쏟아졌다.

    "갑자기 왜?"

    "무슨 조사를?"

    장태오가 분위기를 가라앉혔다.

    "무슨 신고라도 들어간 모양이야."

    "그러니까 무슨 신고냐고?"

"난들 아냐?"

장태오가 짜증을 냈다.

"어떤 새끼인지 빚내서 도박하고, 갚기 싫으니까 찌른 거지."

일순간 분위기가 싸늘하게 식었다.

"혹시 주변에 그럴 만한 놈이 있나 찾아봐. 어떤 놈이 돈 갚기 싫어서 찌른 게 분명하니까."

혹시, 내가 관리하는 아이들 중에 있을까? 확신이 서지 않았다. 걱정에 얼굴이 굳어졌다. 다른 아이들도 걱정이 많은지 얼굴이 어두웠다. 만약 자신이 관리하는 아이가 그랬다면 불똥이 자신에게 튈 수 있기 때문이다.

"알지? 무슨 일이 생기면 자기 선에서 끊어."

장태오가 경고했다.

물론 다들 알고 있었다. 일을 키우면 더 감당이 안 된다. 그냥 자기 용돈으로 빌려주고, 이자 받았다고 하는 것이 편하다. 개인끼리 돈을 주고받는 것은 불법이 아니니까.

"상황을 정확히 파악할 때까지 금전 거래는 당분간 금지야. 몇만 원은 되지만 10만 원이 넘는 돈은 절대 하지 마."

"그러다 김은성 패거리한테 고객들 다 빼앗기면 어떡해?"

"그건 걱정하지 마. 그쪽도 멈췄으니까."

불평불만이 오갔다. 신고했다고 의심할 만한 아이를 찾기 위해 논쟁을 벌였지만, 성과는 없었다. 당분간 조심하는 수밖에 없었다.

모임이 끝나고 장태오는 예전 같지 않게 짜증을 냈다.

"젠장, 곧 챔피언스리그 결승전인데……. 이런 큰 판에 못 끼면 안 되는데……. 기본 베팅 금액도 못 채우게 생겼으니, 미치겠군."

"챔피언스리그가 뭐야?"

어떤 아이가 물었다.

"헐, 챔피언스리그가 뭔지도 몰라? 맨날 사다리나 홀짝만 하니……바보들. 스포츠가 최고라니까."

"그건 오래 기다리잖아."

"그러니 더 짜릿하지. 기다릴 줄 몰라 새끼들이. 짧은 것도 즐기고, 긴 것도 즐겨야지."

장태오는 또다시 스포츠토토가 얼마나 재미있는지 떠들어 댔다. 그리고 챔피언스리그가 뭔지도 구구절절 설명했다. 말하는 내내 진한 아쉬움을 흘렸다. 아무래도 챔피언스리그 베팅에 참여하고 싶은데 돈이 부족한 듯했다. 장태오에게 개인 돈이 없다니, 조금 이질감이 들었다.

그다음 날, 장태오가 나를 불렀다.

"니 혹시, 개인 돈 좀 있냐?"

"거래하지 말라며?"

"통장만 아니면 돼."

현금으로 뽑아서 달라는 소리였다.

"얼마 있어?"

그때 내 통장에는 60만 원이 있었다. 장태오가 지시한 규칙에 따라 저금해 놓은 돈이었다.

"아마 30만 원쯤 있을 거야."

나는 장태오가 지키라고 한 규칙을 장태오에게도 지켰다. 다 빌려주고 나면 나중에 어떤 일이 벌어질지 모르기 때문이다. 하지만 그런 걱정은 하지 않아도 되었다.

"에이 씨~ 푼돈이네. 됐어. 그딴 용돈은 필요 없어."

돈 단위가 커지기는 했지만 30만 원은 여전히 내게 큰돈이었다. 그런데 장태오에게 30만 원은 내게 10,000원과 비슷한 크기 같았다.

"챔피언스리그 해외 베팅이야. 베팅에 참여하려면 최소 500만 원이 있어야 해."

나로서는 상상도 못 한 금액이었다.

"너 돈 많잖아?"

"제길, 하필 얼마 전에 말랐어. 야구에 왕창 걸었는데, 다섯 게임 연속 실패했어. 제기랄 안전한 베팅도 엎어졌고. 연패하던 새끼들이 왜 갑자기 홈런을 연달아 치고 지랄이야. 재수가 없으려니. 프리미어리그도 전부 엇나가고. 그런 때가 가끔 있어."

장태오가 푸념을 늘어놓았다.

"한 1,000만 원 날렸어."

나로서는 정말 상상조차 하지 못할 금액이었다. 역시 장태오는 나와 노는 물이 달랐다.

며칠 뒤, 장태오가 심각한 얼굴로 걸어가는 모습을 목격했다. 어떤 예감이 들었다. 나는 그 뒤를 밟았다. 예감은 적중했다. 장태오가 어떤 성인 남자를 만났다. 장태오가 잔뜩 얼어서 만나는 모습을 보니 아무래도 조직폭력배 같았다. 나에게 조직폭력배는 덩치가 크고 얼굴은 우락부락하며 목에는 금목걸이를 두른 채 허세가 잔뜩 들어간 옷을 입은 남자라는 이미지가 있었다. 그러나 장태오가 만난 사람은 그런 이미지와 거리가 멀었다. 평범한 30대 남성이었다. 그 남자는 부드러운 인상이었고, 밝게 웃기도 했다. 좋은 사람처럼 보였다. 장태오는 끝까지 긴장을 풀지 못했다. 조금 떨어진 데에서 지켜보았기에 무슨 말이 오가는지는 듣지 못했다. 예상과 달리 만남은 10분도 되지 않아 끝났다.

다음 날, 장태오를 은근히 떠보았다. 장태오는 약간 들뜬 상태였다. 정체 모를 긴장감도 묻어났다. 가벼운 이야기로 화제를 삼아 말을 걸었다. 그러나 몇 마디 나누기도 전에 장태오가 정색했다.

"중요한 일을 앞뒀으니까 그런 시답잖은 이야기는 그만해."

장태오는 주먹을 불끈 쥐었다.

"이번에야말로 한몫 제대로 잡을 거야."

며칠 뒤, 장태오가 얼굴에 멍이 든 채 나타났다.

'도대체 무슨 일이지?'

궁금했지만 묻지 못했다. 장태오의 얼굴이 몹시 어두웠다. 아주 익숙한 낯빛이었다. 삶이 망가졌을 때 거울에 비친 내 낯빛이 딱 저랬다.

♠3
긴급 모임

텔레그램으로 문자가 왔다. 장태오가 쓰던 대포폰이었다. 모임 장소로 갔다. 장태오는 그 자리에 없었다. 대포폰을 든 이는 정승필이었다.

"뭐야? 왜 너한테 그 전화가 있어?"

"이제부터 내가 짱이야."

정승필이 선언했다.

"뭐, 짱?"

"누구 맘대로?"

여기저기에서 반발이 튀어나왔다.

"돈은 나를 통해서만 나가. 그러니 내가 짱이야."

불만은 사그라지지 않았다.

"왜 네가 해?"

"그럼, 선거로 뽑을까?"

정승필이 날카롭게 굴었다.

"돈 많은 순으로 하는 건 어때?"

신준영이 제안했다.

"웃기고 자빠졌네. 원하면 네가 해 봐. 어떻게 돈을 끌어올 건데?"

신준영이 입을 다물었다.

그때서야 정승필이 어둠 속 조직과 이어졌음을 알아챘다. 그나저나 장태오는 왜 밀려났을까? 최동민과 같은 이유일까? 그럴 가능성은 낮았다. 장태오는 절대 딴 주머니를 찰 성격이 아니다. 교칙조차 어기지 않으려고 애쓰지 않았던가? 챔피언스리그에 크게 건다고 하더니 그 때문일까? 거기에 베팅하려고 조직에서 내려온 돈을 건드렸을까? 그럴 리 없다. 돈이 막혔다고 했다. 장태오가 건드릴 돈은 아예 없었다.

'그럼 그 중요하다고 한 일이 잘못되었구나!'

이유는 그것뿐이었다. 내 짐작을 밝히지는 않았다.

아이들은 선뜻 정승필을 인정하지 않았다. 그러나 몇 분 뒤에는 모두 입을 다물었다. 정승필이 통장을 보여 주었기 때문이었다. 통장에는 1,000만 원이 찍혀 있었다.

"돈은 풀렸어."

경찰이나 교육청에서는 조사하러 오지 않았다. 조사를 온다더니 왜 아무런 일도 벌어지지 않았을까? 궁금했지만 아무도 묻지 않았다.

"이제부터 돈은 내가 내려 보내. 나를 통해서 나가. 입금하는 통장은 전과 같아."

나쁜 놈들은 비겁하다. 자기보다 힘이 세면 재빨리 굴복한다. 돈은 힘이 세다. 가장 힘이 세다. 도박하는 놈들에게 돈은 최고다. 도박하는 놈들만 그런가? 딴 아이들도 마찬가지다. '돈 많은 백수'가 되겠다는 아이들이 주변에 엄청 많다. 돈이 곧 꿈이다. 의사를 꿈꾸는 아이도 목표는 결국 돈이다. 사람 목숨을 구하려고 의사가 되겠다는 학생이 몇 명이나 있을까? 만약 의사가 돈을 못 버는 직업이라면, 과연 꿈이 의사인

학생 중에서 몇 명이나 계속 의사를 꿈꿀까? 아마 몇 명 안 남을 것이다.

도박이나 공부나 돈이 목표라는 점에서는 같다. 정승필은 돈을 쥐었다. 그럼 복종해야 한다. 우리는 그렇게 단순하게 생각했다.

내게 정승필이 은밀히 만나자고 했다.

"무슨 일이야?"

정승필에게는 아직 조직을 이끌 만한 카리스마가 없었다.

"너, 태오에게 돈 빌려줄 수 있나?"

뜬금없는 제안이었다.

"태오가 돈을 빌려 달래?"

"나한테 요청이 들어왔는데, 알다시피 총책은 돈을 빌려주지 않아. 내가 관리하던 고객도 애들에게 다 넘겼어."

"내 개인 돈을 빌려주라고?"

"너 개인 돈은 아니야. 우리 조직이 하는 일을 태오에게 하면 돼."

"다른 애들도 많은데 왜 나한테?"

"애들이 다 부담스러워서 아무도 안 하려고 해. 얼마 전까지 조직의 짱이었잖아."

"얼마야?"

"300만 원!"

어이가 없었다. 돈이 너무 많았다.

"규칙은 같은 거지?"

"당연히."

"태오가 제때 못 갚으면……."

"그럼 네가 먼저 갚아야 해."

아이들이 하지 않겠다고 하는 이유를 이해할 수 있었다. 300만 원에 70% 이자면 210만 원이다. 그러니까 장태오가 돈을 제때 못 갚으면 내가 510만 원을 먼저 물어내야 한다. 그런 돈은 내게 없었다. 내가 감당하기에는 돈 단위가 너무 컸다.

"못 하겠어."

정승필이 인상을 찌푸렸다.

"아이 씨, 꼭 하라고 했는데……. 내가 직접 할 수도 없고."

정승필이 투덜거렸다.

'이건 위에서 내려온 지시구나!'

조직에서 장태오에게 돈을 빌려주라는 명령을 한 것이다. 그렇다면 이것은 기회일지도 모른다는 예감이 얼핏 들었다.

장태오는 스포츠토토만 한다. 300만 원이면 분명히 어떤 큰 판에 끼려는 것이다. 대박을 노리고 베팅을 할 것이다. 홀짝보다는 확실히 판이 큰 도박이다. 그리고 장태오라면 성과를 낼지도 모른다. 못 내면, 그때는 하던 대로 하면 된다. 나는 모험해 보기로 했다. 어쩌면 큰 꿈을 이루는 도약대가 될지도 모른다는 기대를 하면서 말이다. 어차피 인생은 도박이다. 나는 내 인생을 걸고 베팅을 했다.

"태오한테 너를 찾아가라고 할게."

"물어볼 게 있어."

돈거래를 마무리하고 장태오에게 물었다.

"어쩌다 이렇게 됐어?"

장태오는 선뜻 대답하지 않았다.

"뒤에 어떤 조직이 있는 건 대충 알아."

장태오가 눈을 크게 떴다.

"그 조직이 널 왜 밀어내 버린 거야?"

"어디까지 알아?"

"그냥…… 어림으로 네 뒤에 어떤 조직이 있을 거라고 생각했어."

장태오의 입술이 일그러졌다.

"빌어먹을, 사고가 났어. 어떤 새끼들인지."

장태오가 잇달아 욕을 내뱉었다.

"단순한 일이었는데."

"무슨 일이었어?"

내가 거듭 물어도 장태오는 자세히 설명하지 않았다. 언뜻 튀어나오는 말에서 실마리를 잡아야 했다.

"1,000만 원을 벌 기회였는데."

1,000만 원을 버는 일이라면 단순한 일이 아니다. 도대체 어떤 일을 해야 1,000만 원을 한꺼번에 벌까? 도박판은 아니다. 얼굴에 든 멍이라면 싸움과 관련이 있을까? 어림하기 어려웠다. 그리고 뒤이어서 내 궁금증을 풀어 주는 단어가 나왔다.

"알파가 주선한 일이었어."

"알파라니? 폭력 조직을 말하는 거야?"

장태오가 고개를 저었다.

"네 말대로 우리 사업 뒤에는 폭력 조직이 있어. 그렇지만 나와 직접 연결된 선은 없어."

며칠 전에 폭력배 같은 사람을 만나는 장면이 생각났다. 나는 우연히 지나가다 그 모습을 본 것처럼 말했다.

"그건…… 알파가 만나라고 해서 만났어. 그 사람이 누구인지는 전혀 몰라."

"무슨 이야기를 나눴어?"

"별거 없었어. 학교생활이 어떠니, 저떠니 하는 별 시답잖은 대화만 나누다 끝났어. 꽤나 긴장하고 갔는데 어이가 없었어."

"알파가 누구야?"

"나도 몰라. 조폭 같지는 않아."

"조폭이 아니면?"

"내가 보기에는 고등학생이나 대학생 같아."

"근거는 있어?"

"항상 텔레그램으로만 연락을 주고받아서 나도 정확한 근거는 없어.

어림할 뿐이지. 다만 성격이 철두철미하고 계산이 빨라. 무서울 정도로 냉정하고 잔인해. 최동민을 쳐 내는 것만 봐도."

"최동민은 딴 주머니를 찬 게 맞아?"

"그 새끼는 알파를 속일 수 있다고 생각했어. 내가 그렇게 하지 말라고 했는데."

"넌 그럼 알파가 주선한 일을 제대로 못 해내서 밀려난 거네."

장태오 얼굴이 심하게 일그러졌다. 도대체 무슨 일이기에 저리되었을까? 장태오는 그 일이 무엇인지 끝내 말하지 않았다.

"나, 이대로 안 죽어. 한 판 크게 벌어서 반드시 복귀할 거야."

장태오는 주먹을 불끈 쥐었다. 그러나 그 다짐에서 예전과 같은 힘은 느껴지지 않았다.

"언제야? 그 베팅은⋯⋯."

"사흘 뒤야."

"300만 원이면 판돈은 충분해?"

"기본 베팅이 500만 원이야."

"나머지 200은?"

"은성이 쪽에서 빌렸어."

김은성 패거리한테도 빌렸다니, 갑자기 불안해졌다.

"결과가 나오면 알려 줘."

"이번에는 안 져. 이기자마자 바로 갚을 테니 걱정하지 마."

걱정하지 말라는 말이 마음에 걸렸다. 위험한 도박 앞에서 입버릇처럼 내가 하던 말이었기 때문이다. 그 순간, 내 인생을 건 이번 베팅이 실패할지도 모른다는 예감이 들었다. 그리고 나는 이제 안다. 그 베팅은 내가 이제껏 한 베팅 중 가장 위험하고 무모했다. 절대 하면 안 되는 베팅이었다.

　말해 주지 않아도 알았다. 표정이 모든 것을 말해 주었다. 장태오에게 받아야 할 돈이 무려 510만 원이다. 앞이 깜깜했다. 과연 장태오는 돈을 갚을까? 못 갚을 것이다. 나뿐 아니라 김은성 쪽에서도 빌렸다. 원금이 500만 원이니 이자까지 포함하면 최소 1,000만 원이다. 내 몫을 포기하더라도 금액은 엄청나다. 받아 낼 수 없는 금액이다. 내가 왜 맡는다고 했을까? 너무 위험한 베팅이었다. 어찌 되었든 무조건 돈을 받아 내야 한다. 눈에 불이 들어왔다.

　혼자서 압박하기에는 벅찼다. 한지훈과 둘이 하기에 장태오는 너무 거물이었다. 아무래도 다른 조직원에게 도움을 받아야 할 것 같다. 나는 단체 대화방에 글을 올렸다. 정승필이 곧 답장했다. 모두 모이라는 지시가 내려왔다. 모두가 있는 자리에서 장태오에게 압력을 넣으라고 했다. 그래야만 한다고 강조했다. 자기 지위를 조직원 앞에서 과시하려는 것일까? 의도가 뻔히 보였다.

　단둘이 만나는 척하며 장태오를 불러냈다.

　"어떻게 됐어?"

　대답이 없었다.

　"다 잃었지?"

대답이 없었다.

"갚을 계획은 세웠고?"

"한 번만 더 빌려줘."

장태오가 구차하게 요청했다.

"이 상황에서도 돈을 빌려 달란 소리가 나오냐?"

장태오가 인상을 구겼다. 살짝 무서웠다. 무시무시하던 장태오가 떠올랐다. 혼자는 힘들었다. 나는 손을 들었다. 조직원들이 무리를 지어 나왔다.

"어쭈, 이 새끼들 봐라."

장태오는 전혀 주눅이 들지 않았다.

"피라미들이 숫자로 협박하려고? 이 새끼들이…… 나 장태오야."

앞장서 나오던 정승필이 움찔하며 멈추었다.

장태오는 더 기고만장했다. 나중에 내가 복귀하면 너희들을 가만두지 않겠다고 했다. 다들 표정이 일그러졌다. 정승필은 눈을 굴렸다. 괜히 화가 났다. 이대로 가면 기한이 지나도 돈을 제대로 받지 못할 것 같았다. 내 돈이 걸렸다. 장태오가 버티면 내가 510만 원을 물어내야 한다. 화가 났다.

어디에서 그런 용기가 생겼는지 모르겠다. 충동일 수도 있다. 아니면 내 미래가 두려웠을 수도 있다. 내 삶을 지켜야 했다. 나는 다른 아이들과 처지가 달랐다. 정승필이 내게 모든 책임을 떠넘겨 버리면 대책이 없었다.

나는 발로 장태오 옆구리를 걷어찼다. 장태오는 옆으로 고꾸라졌다.

장태오는 내가 그렇게 공격할 줄은 상상도 못 했기에 맥없이 당했다. 일단 장태오가 쓰러지자 다 같이 달려들었다. 인정사정없는 발길질이 장태오를 짓밟았다. 정승필이 장태오 멱살을 잡아 무릎을 꿇렸다. 나는 그 뒤에 섰다.

갑자기 주변에 구경꾼이 몰려들었다. 누가 알렸는지 모르겠다. 구경꾼 중에는 오재일, 한지훈, 임형민, 윤도균 등 익숙한 얼굴이 많았다. 오재일은 피식피식 웃고, 한지훈은 이맛살을 찌푸리고, 임형민은 눈동자를 계속 굴리고, 윤도균은 한심한 표정을 지었다. 그 외에도 수없이 다양한 표정이 장태오가 무너지는 장면을 구경했다. 다들 속으로 무슨 생각을 할까? 일일이 확인해 보고 싶다는 엉뚱한 생각이 들었다.

"이제 내가 짱이야 새끼야. 안 갚으면 어찌 되는지 알지?"

정승필이 장태오 뺨을 때리며 무서운 척했다. 그래 봤자 옛날 장태오와 같은 카리스마는 나오지 않았다. 나는 속으로 정승필을 비웃었다. 어쩌면 내 베팅은 성공할지도 모른다. 내가 저 자리를 차지하고 말겠다는 욕망이 강하게 꿈틀거렸다.

♠7
또 다른 원한

장태오가 보자고 했다. 금요일 저녁이었다. 돈을 받아야 하는 날까지 사흘 남았다. 일요일까지 못 받으면 내가 510만 원을 물어내야 한다. 장태오를 만나서 어떻게 해야 할까? 협박할까? 구슬려 볼까? 망설이다 약속을 잡았다. 약속 시간이 꽤 남았지만, 일찍 출발했다. 밖에서 기다릴까 하다 일단 약속 장소로 들어갔다. 음료수를 주문하고 구석진 자리에 앉았다. 음료수는 금방 나왔다.

혼란한 마음을 달래며 스마트폰을 보는데 문이 열리고 안현서가 자신과 꼭 닮은 성인 여자와 같이 들어왔다. 생김새를 보니 안현서 언니 같았다. 괜히 마주쳐서 좋을 것이 없었다. 그들에게 드러나지 않게 얼굴을 가렸다. 구석진 자리여서 가리기 쉬웠다. 안현서와 언니는 하필이면 내 옆자리에 앉았다. 파티션 때문에 바로 보이지는 않았지만, 괜히 껄끄러웠다. 장태오와 만나는 장소를 바꾸어야 하나 고민하는데, 이번에는 전서윤과 장태오가 나란히 들어왔다. 아는 척을 해야 할지 말아야 할지 머뭇거리는 사이 둘은 안현서와 언니가 있는 데로 왔다.

'도대체 무슨 일이지?'

대화 내용은 익숙했다. 도박에 빠지고, 빚을 지고, 빚을 못 갚아 독촉하는 뻔한 사연들로 채워진 대화였다. 그 대상이 남자가 아니라 여자라

소년 프로파일러와 도박의 유혹

는 점만 달랐다. 채무자는 안현서, 채권자는 전서윤이었다. 앞서도 말했지만 전서윤과 장태오는 사귀는 사이다. 익숙하게 흘러가던 대화는 안현서 언니가 나서면서 뒤틀렸다. 이름은 안현주였다.

"좋아. 현서가 도박 빚을 진 데까지는 현서 책임이니까 그러려니 하겠어. 그런데 아무리 그래도 그렇지 중3이 유흥업소에서 아르바이트하게 하면 되겠어?"

"자기가 한다고 했어요."

전서윤이 항변했다.

"빚 갚으려면 몸이라도 팔라고 했다면서?"

"해 본 소리죠."

"해 본 소리라고? 직접 아르바이트 자리를 소개해 준 게 바로 여기 앉아 있는 네 남자친구인데?"

장태오가 안현서를 유흥업소에 소개해 준 모양이다.

"소개해 달래서 소개해 줬는데 왜 지랄이에요. 지랄이!"

장태오가 짜증 섞인 말투로 쏘아붙였다.

"지랄? 너 지금 나한테 욕했어?"

이어서 티격태격하는 몸싸움이 벌어진 듯했다. 내가 직접 볼 수는 없었지만, 결과는 예상이 되었다. 장태오는 중3이지만 제법 몸이 탄탄하다. 장태오가 뿌리치고 나갈 것이라고 예상했다. 그러나 내 추측은 틀렸다. 장태오가 내뱉는 신음이 들렸다.

"우리 언니는 체육대학 특기생이야."

안현서가 뾰족하게 쏘아붙였다.

"놔요. 더럽게 안 풀리네."

장태오가 투덜거렸다.

"사과해."

안현주가 말했다.

"왜 사과해요. 자기가 알아서 했는데."

"할 수밖에 없는 처지로 내몰았잖아."

"그래도 마지막 결정은 자기가 했어요."

"도박에 끌어들이고 빚지게 만든 것도 너희 둘이 고의로 꾸민 함정이지?"

"저희가 무슨 마법사라도 되는 줄 아세요?"

"이 악마 같은 것들."

안현주는 점점 화가 끓어오르는 듯했다.

"빨리 빚이나 갚아요."

"순순히 갚을 줄 알아?"

"그럼, 확 소문 내 버릴 테니 알아서 하세요."

"이게 정말."

"치려면 치세요. 안 그래도 돈 필요한데……."

장태오가 일어나는 소리가 들렸다.

"서윤아 가자."

장태오가 나갔다. 전서윤도 뒤따라 나갔다.

"저 새끼, 내가 가만 안 둬."

안현주가 이를 갈았다.

안현주는 그 자리에서 안현서를 한참 나무랐다. 내가 야단맞는 기분이었다. 구구절절 옳은 말이있다. 속이 뒤틀렸다. 도박에 빠진 초기에 저런 말을 들었다면 어땠을까? 도박을 그만두고 빠져나왔을까? 머리가 아팠다. 받을 돈도 걱정이고 도박에 빠진 나 자신도 처량했다. 안현서는 죄인처럼 고개를 푹 숙이고 언니를 따라 나갔다.

장태오에게서 문자가 왔다. 나는 약속 장소에 왔다고 알렸다. 이제막 온 것처럼 꾸몄다. 몇 분 뒤에 장태오가 들어왔다.

"왜 보자고 했어?"

내가 차갑게 물었다. 속으로는 '돈은 갚을 수 있지?' 하고 묻고 싶었다. 장태오는 씁쓸하게 웃었다.

"너한테 내 사정을 정확히 말해 주려고."

"말해 줘서 뭐 하게."

"그렇긴 한데……. 네 빚은 갚고 싶은데……. 나도 알아. 네가 억지로 떠맡았다는 거."

억지가 아니었다고, 내가 베팅을 했다고 말할 수는 없었다.

"날 때린 건 괜찮아. 그 자리에 승필이가 나타났을 때부터 각오했으니까."

입맛이 씁쓸했다.

"그…… 사정이라는 건 뭐야?"

"한 명이라도 정확히 알아야 할 것 같아서."

"그러니까 사정이라는 게 뭐냐고?"

장태오는 뒷목을 손끝으로 꾹꾹 눌렀다.

"나…… 빚이 10억 원이야."

잘못 들은 줄 알았다. 1억 원도 엄청난데 10억 원이라니…….

"너 미쳤어? 정신병이라도 걸린 거야? 어디서 뻥을 쳐?"

자기 처지를 과장되게 말해서 돈을 받으려는 내 의지를 꺾으려는 의도 같았다. 속아 넘어갈 내가 아니었다.

"그래. 나도 정신병에 걸려서 이러는 거면 좋겠다. 사실이야. 10억!"

"와…… 돌아 버리겠네."

나는 얼마 남지 않은 음료수를 거칠게 마셨다. 손이 부들부들 떨렸다.

"10억 원이…… 설마 도박…… 빚이야?"

"도박으로 그런 돈을 날려 보면 소원이 없겠다."

"그럼 뭔데?"

그때 장태오가 당했다는 일이 생각났다.

"설마…… 그 배달 사고 때문에?"

장태오가 고개를 끄덕였다.

"그게 도대체 무슨 물건인데 10억 원씩이 돼? 무슨 보물이라도 돼? 보석이야?"

장태오가 피식 웃었다.

"마약."

숨이 딱 멎었다. 주먹으로 명치를 가격 당한 듯했다. 듣지 말아야 했다. 모르는 것이 나았다. 안 들은 것으로 하고 싶었다.

"알파가 제안한 일은 마약 배달이었어. 내가 받아서 한 달 동안 보관하다 넘겨주는 일이었어. 듣기에는 간단했지. 그냥 받아서 가지고 있다가 넘겨주면 되니까. 더구나 보상비가 1,000만 원이었어. 그건 포기할 수 없는 금액이지."

듣는 내내 숨이 멎었다.

"넘겨주어야 하는 날이 모레야."

나는 겨우 숨을 내쉬었다.

"추적을 피하려는 목적이라고 했어. 경찰이 주시하는 중이라 당분간 맡겨 둘 데가 필요하다고. 중학생이면 아무도 의심하지 않을 테니 편하게 하라고 했어."

입이 바짝 말랐다.

"알파가 알려 준 장소에 가니 가방이 덩그러니 놓여 있었어. 알파가 알려 준 모양과 똑같은 가방이라 곧바로 챙겼지. 조심스럽게 가방을 챙겨서 골목을 빠져나오다가 갑자기 습격을 받았어. 후드를 뒤집어쓰고 마스크로 얼굴을 가린 놈들이었는데 단 한 명도 얼굴을 제대로 못 봤어. 어찌나 무섭게 때리는지 저항할 엄두도 못 냈고. 그렇게 10억 원어치 마약이 든 가방을 빼앗겼어."

뒷목이 아팠다. 허리도 아팠다. 온 신경이 끊어질 듯했다.

"알파가 엄청 화를 냈어. 자기까지 꼬였다면서……. 나를 믿고 일을 맡겼는데 그거 하나 못 하냐면서……. 알파는 약속 날짜까지 마약을 건 네주지 않으면 조폭들이 나를 찾을 거라고 경고했어. 그러니 습격한 놈들을 찾아내서 마약을 되찾아 오래. 제기랄, 내가 무슨 수로 찾아. 얼굴도 못 봤는데…….”

장태오는 긴 한숨을 내쉬었다. 세상을 다 산 사람 같았다.

“네 돈을 갚고 싶기는 한데, 이런 내 사정을 알아 달라고.”

“그럼 돈은 왜 빌렸어? 10억 원이나 빚졌으면 가만히 있을 것이지.”

정말 원망스러웠다. 인생을 건 베팅이었는데, 이런 어마어마한 사건이 뒤에 숨어 있을 줄 내가 어찌 알았겠는가?

“도박하는 새끼가 할 말은 아니네.”

“설마 도박으로…… 10억을 마련해 보려고 한 거야? 500만 원으로 10억을? 그게 말이 돼?”

“넌 잘 모르는구나. 불법 스포츠토토 시장은 생각보다 커. 더구나 해외에 큰 판돈이 걸린 도박판은 그 규모가 장난이 아니야. 큰 판에서 제대로 터지기만 하면 500만 원이 1억 원, 10억 원으로 불어나기도 해.”

갈수록 첩첩산중이었다.

“그게 가능하다고 정말 믿은 거야?”

“어차피 인생을 조졌는데 마지막 베팅이라도 해 봐야지. 그냥 죽을 수는 없잖아.”

죽는다는 말이 섬뜩하게 들렸다.

“알파가 경고했어. 조폭들이 우리 집도 가만히 안 둘 거라고. 나 때문에…… 우리 집은 망했어. 난 끝났어.”

거리가 잿빛이었다. 나를 기다리는 암담한 미래가 어른거렸다. 다리에 힘이 풀렸다. 털썩 주저앉았다. 수많은 후회가 밀려왔다. 잘못된 선택 하나하나가 안타까웠다. 결국 도박에 손을 댄 것이 문제였다. 도박이 내 삶을 망친 근본 원인이었다. 이번 일만 무사히 넘기면 도박에서 손을 떼리라 결심했다. 그 이전과는 차원이 다른 결심이었다.

그때 김은성 패거리 중 한 명이 보였다. 그놈이 다급히 움직였다. 나는 그 뒤를 밟았다. 멀리 장태오가 보였다. 김은성 패거리가 무리 지어 나타났다. 그들은 장태오를 구석진 곳으로 끌고 가서 팼다. 돈을 받아 낼 때 흔히 쓰는 방법이었다.

집에 와서 계속 고민했다. 일요일이 되면 마약을 잃어버린 것을 조폭이 알게 되고, 그러면 모두 끝장난다. 장태오가 사고를 칠지도 모른다. 그 사고란 다름 아닌 자살이다. 장태오가 자살한다면 토요일 밤에 실행할 가능성이 컸다. 내가 사람같이 안 보이겠지만, 그 순간에 나는 장태오 목숨보다 내 돈을 더 걱정했다. 그러는 내가 나도 싫었지만 어쩔 수 없었다. 도박이 내 인성을 바닥까지 파괴한 탓이었다.

내게는 마지막 수단밖에 남지 않았다. 장태오의 부모를 협박하는 수밖에 없었다. 그들에게서 돈을 받아 낼 수 있을까? 더구나 500만 원이

나 되는 금액을 이해시킬 수 있을까? 아무리 고민해도 불가능해 보였다. 그러나 방법이 없었다. 마지막 시도라도 해야 했다. 나는 망설임 끝에 결국 장태오의 부모에게 전화를 걸고 말았다. 하지 말아야 했지만, 양심은 하지 말아야 한다고 외쳤지만, 돈이 나를 악행으로 몰아갔다.

나는 차분하게 당신 아들에게 500만 원을 빌려주었고, 갚지 않으면 아들이 전과자가 된다고 협박했다. 협박은…… 통하지 않았다.

"오전에도 똑같은 내용으로 누가 전화했어. 너희들 한패야? 사기꾼이야? 이거 신종 보이스피싱 수법이니?"

오전에 김은성 패거리가 전화한 듯했다. 마지막 방법도 먹히지 않았다.

'당신 아들이 어떤 짓을 저질렀는지 모르죠? 마약 배달을 하다가 실패했어요.'

이렇게 말해 주고 싶었다. 물론 그렇게 말해 보았자 믿지도 않겠지만 말이다.

내 삶에 희망은 없었다. 거대한 파도가 덮쳐 오는데 아무런 대책도 없었다. 온전히 그 파도를 맞는 수밖에 없었다. 정승필이 가장 미웠다. 나를 도박으로 끌어들인 것도 그놈이고, 마지막 수렁으로 밀어 넣은 것도 그놈이다. 나는 까마득한 절망 앞에서 분노에 휩싸였다.

소년 프로파일러와 도박의 유혹

토요일 오후, 집에 가만히 있을 수 없었다. 거리를 배회하다 장태오가 사는 곳으로 나도 모르게 갔다. 무작정 근처에서 서성댔다. 그러다 윤도균을 만났다. 모른 척해야 했는데 서로 의도치 않게 부딪쳤다.

"너 여기서 뭐 해? 여기가 너희 집이야?"

나는 무시하려는데 윤도균이 먼저 물었다. 여느 때 같지 않게 친절한 말투였다. 윤도균답지 않은 친절함이었다.

"아니, 그냥 지나가다…… . 넌 여기 왜 왔어?"

"나야 이 근처에서 과외가 있으니까."

윤도균이 위아래로 나를 살폈다.

"초조해 보이는데…… 누구 기다리는 거야?"

윤도균은 나를 꿰뚫어 보는 듯했다. 윤도균은 언제 보아도 재수가 없었다.

곧이어 조서준, 정재현과도 만났다.

"너흰 뭐냐? 여긴 왜 왔어?"

"그러는 넌 왜?"

"나야 장태오한테 받을 돈이 있으니까."

"네 할 일이나 해. 우리도 다 볼일 있으니까."

두 녀석은 그렇게 쏘아붙이고 자리를 옮겼다.

김은성 패거리에 속한 놈도 보였다. 우리는 서로를 모른 척했다. 직접 물어보지 않아도 그놈이 장태오 때문에 그곳에 있다는 것은 알 수 있었다. 아마 그 자식도 내가 왜 그 자리에 있는지 알고 있을 것이다.

늦은 오후, 안현주도 보았다. 안현주는 카페에서 어떤 아줌마를 만났다. 느낌이 왔다. 나는 일부러 가까이 다가갔다. 전화로 들었던 그 목소리와 똑같았다. 장태오 엄마였다. 안현주는 장태오 엄마에게 장태오가 저지른 짓을 알렸다. 그러나 전혀 먹히지 않았다.

"우리 착한 태오는……."

뒷말은 들어 보나 마나였다.

장태오가 착하면 대한민국에 착하지 않은 학생은 단 한 명도 없다. 대부분의 부모는 자기 자식을 잘 모른다. 우리 부모도…….

장태오 엄마는 안현주를 미친 여자로 취급했다. 중3이 유흥업소에서 일한 것이 자랑이냐고 오히려 따졌다. 안현주에게서 강한 분노가 느껴졌다.

으슥한 곳에 몸을 숨긴 신준영도 보았다. 정승필이 보냈는지 자기 뜻으로 왔는지는 알 수 없었다.

또 누가 있을까? 수많은 사람이 장태오를 주목하고 있었다.

장태오에게서 전화가 왔다.

"너 우리 집 근처에 있지? 너한테 500만 원은 큰돈이니까."

나는 그렇다고 했다.

"집 주변에 미친 새끼들이 바글대. 그치?"

장태오가 빈정거렸다.

"나랑 캐치볼 할래?"

뜬금없는 제안이었다.

노을이 사라지며 조명이 거리를 채웠다. 장태오가 나왔다. 나와 같이 공터로 이동했다. 수많은 시선이 느껴졌다. 장태오는 아랑곳하지 않았다. 장태오가 글러브를 주었다. 겉에 '태오'라고 적혀 있었다. 야구공에는 사인이 있었다. 꽤 유명한 야구 선수의 사인이었다.

"사인볼인데, 이걸로 해도 돼?"

"뭐 어때. 공은 가지고 놀라고 있는 건데."

"애지중지하던 공 아니야?"

장태오는 피식 웃더니 공을 던지라는 신호를 보냈다. 가볍게 공을 던졌다. 그렇게 말없이 공을 던지고 받았다.

"어릴 때는 야구 참 좋아했어. 아빠랑 야구장 가는 게 그렇게 좋았는데. 도박하면서 어릴 때처럼 야구를 즐기지 못하게 됐어. 너도 더는 도박하지 마. 나처럼 완전히 망가지기 전에."

그럴 테니까 510만 원이나 갚으라고…….

"솔직하게 부모님께 말씀드려. 500만 원 갚을 생각 말고."

장태오가 충고했다. 나는 아무런 대꾸도 하지 않았다.

장태오가 던진 공이 빨라졌다. 나도 세게 공을 던졌다.

"조서준 그 새끼도 날 협박하더라? 웃겨서 정말. 승필이 그 새끼는 내 밑에 있을 때는 겁쟁이였는데 대담해졌어. 자기가 무슨 대단한 위인이라도 된 줄 알아. 미친 새끼. 너도 그 조직 놀음에 더는 빠져들지 마. 더 빠지면 나처럼 아예 망가져서 빠져나오지 못해. 그곳은 늪이야. 도박도 늪인데 그 조직 놀음은 더 무서운 늪이라고."

공을 받더니 장태오가 근처 의자에 앉았다. 나도 그 옆에 나란히 앉았다.

"알파한테서 연락은 왔어?"

내가 물었다.

대답이 없었다. 연락이 왔다는 뜻이었다. 뭐라고 했을까? 협박했을까? 굳이 협박하지 않더라도 장태오가 선 자리는 이미 벼랑 끝이었다.

"크크크. 빌어먹을……. 야구…… 축구…… 스포츠…… 다 싫어."

장태오는 글러브와 공을 바닥에 던져 버리더니 일어섰다.

"나 간다. 잘 살아라."

나는 글러브와 공을 집어 들었다.

"이거 가져가야지."

"너나 가져. 나는 어차피 더 쓸 기회도 없어."

그때 장태오에게 어떤 문자가 왔다. 장태오가 문자를 확인했다. 화면을 언뜻 보았는데 텔레그램이었다. 늘 그렇듯이 문자는 곧바로 사라지는 것 같았다.

"알파."

장태오가 중얼거렸다.

문자를 본 장태오 표정이 점점 어두워졌다. 문자를 다 확인한 장태오는 스마트폰을 주머니에 넣었다. 그러고는 주변을 살피더니 빠르게 걸었다. 집 방향이 아니었다. 나는 글러브와 공을 든 채 멍하니 앉아 있었다. 부모님께 말씀드리고 도박을 끊으라는 충고가 크게 울렸다. 이전과는 다른 울림이었다.

글러브와 공을 쥔 손에 땀이 흥건했다.

♠Q
파멸

밤 9시가 되었다. 나는 계속 밖에서 배회했다. 내가 어디를 어떻게 다녔는지 기억나지 않는다.

전화가 울렸다. 장태오였다. 반갑지 않았다.

"난 살았어. 난 살았다고."

정말 죽으려고 했던 것일까?

"알파가 그걸 되찾았대."

알파가 마약을 되찾았다고?

"이제 다 끝났어. 다 괜찮아질 거야."

희망과 기쁨이 넘치는 목소리였다. 빚을 갚으라는 말을 하려다 얼른 다른 말로 바꾸었다.

"잘됐네. 그럼 글러브랑 공은 돌려줄까?"

"그건 너 가져. 기념이니까."

그렇게 통화가 끝났다. 짧고 강렬한 대화였다.

나는 기뻤다. 500만 원을 돌려받을 수 있으리라는 기대 때문이 아니었다. 장태오가 어둠에서 벗어났다는 사실이 기뻤다. 진심이었다. 밤에 도박하지 않고 잠자리에 들었다. 도박이 생각나지도 않았다. 마음이 편했다. 상쾌하게 깨어났다. 모처럼 즐긴 단잠이었다. 장태오 말대로 도박

176 소년 프로파일러와 도박의 유혹

을 끊어야겠다고 결심했다.

그러나 곧이어 들려온 소식은 끔찍했다. 장태오가 공사가 중단된 건물 10층에서 뛰어내려 죽었다고 했다. 타살 흔적은 전혀 발견되지 않았다. 사건 현장에서 장태오 스마트폰은 발견되지 않았지만, 품에서 유서가 발견되었다. 본인이 직접 쓴 유서였다. 당연히 경찰은 자살이라고 결론을 내렸다. 사망 추정 시간은 저녁 9시에서 11시 사이였다.

그러나 나는 장태오가 자살했다는 사실이 믿기지 않았다.

나와 9시에 기분 좋게 통화하고서 바로 자살을 하다니…….

자살이 아니라면, 살해당했다는 말인데…….

♠K
누구일까?

속사정을 모르는 사람이 보기에 사건은 뻔했다. 도박에 빠진 청소년이 도박 빚에 쪼들리다 자살한 사건이었다. 경찰도 사건을 접하자마자 그렇게 여기는 듯했다. 사건 현장에 타살 흔적은 전혀 없었으며, 부검에서도 외부의 강제력이 작용하거나 다른 도구가 사용된 흔적은 발견되지 않았다. 장태오는 대포통장을 썼기에 본인 통장에는 이상한 흔적이 전혀 발견되지 않았다. 자필로 쓴 유서까지 발견되었으니 의심할 여지가 없었다. 장태오 부모조차 아들이 자살했다는 사실에 의문을 제기하지 않았다. 사라진 스마트폰에는 조금 의문을 표시하기는 했지만 크게 신경 쓰는 눈치는 아니었다. 마지막 통화를 한 뒤에 장태오가 전화를 버리고 자살했다고 간단하게 정리되었다. 해마다 수많은 청소년이 자살하는 사회에서 타살 흔적이 전혀 보이지 않고, 동기도 확실하며, 유서까지 발견된 사건을 두고 경찰이 특별히 정성을 들여 조사할 이유는 없었다.

사고가 터지면 내 선에서 정리하라는 지침을 나는 충실히 지켰다. 김은성 조직도 마찬가지였다. 경찰은 학교에 자리 잡은 도박 조직에 대해서는 전혀 알지 못했다. 솔직히 그런 조직이 있을 것이라고는 상상도 못 했을 것이다. 몇몇이 조사받았는데 나는 다른 아이들보다 조금 길게 조사받았다. 장태오에게 돈을 빌려주고, 협박 전화를 하고, 캐치볼을 하고, 글러브와 사인볼도 가져가고, 마지막에 통화한 사람도 나이니까 그럴 만도 했다. 내가 자살 원인을 제공한 당사자로 의심받았다.

경찰은 내가 장태오에게 폭력을 행사하거나 빚을 갚으라는 압력을 넣지 않았느냐고 추궁했다. 나는 당연히 부정했다. 장태오는 나보다 덩치도 크고 학교 일진이기에 협박이나 추궁할 수 있는 처지가 아니라고 했다. 지속해서 괴롭혔다는 증거도 없고 증언도 나오지 않았다. 학생들은 다들 침묵했다. 장태오 여자친구인 전서윤조차 입을 다물었다. 텔레그램 메시지는 지워지고 없었고, 내 스마트폰에도 장태오와 몇 번 통화한 내역이 전부였다. 횟수도 많지 않으니 강요했다고 보기도 어려웠다. 의심받을 만한 것이 없으니 경찰은 내 스마트폰을 포렌식으로 조사하려고 하지 않았다.

경찰은 장태오를 자살에 이르게 한 원인 제공자 중 한 명으로 나를 지목했다. 김은성 패거리 가운데 한 명도 나와 똑같이 지목당했다. 그러나 둘 다 압력 수위가 낮아서 범죄자로 취급당하지는 않았다. 다만 학교폭력 가해자로 판정이 내려지면서 중징계를 기다리는 신세가 되었다.

부모님은 충격을 받고 화를 내셨다. 부모님은 내게 어디서 돈이 나서 그런 돈놀이를 했느냐고 캐물었다. 나는 그동안 받은 용돈을 차곡차곡 모아서 주변 친구들에게 꾸준히 돈놀이를 하면서 돈을 불렸다고 거짓말했다. 부모님은 더는 추궁하지 않았다. 내 통장을 확인할 생각도 안 했다. 아들이 나쁜 짓을 저지르고 다녔다는 사실에 충격을 받아 어찌할 바를 몰랐다.

조사가 진행되는 동안에는 모두 도박을 잠시 멈추었다. 돈거래도 하지 않았다. 우리가 늘 접속하던 도박 사이트는 사라져 버렸다. 나중에 잠잠해지면 다시 열릴 것이라는 소문만 조심스럽게 돌았다.

사건 조사는 그렇게 마무리되었지만 내 의문은 전혀 풀리지 않았다. 그날 장태오는 그 아파트 공사장에 가기 전에 이곳저곳을 복잡하게 돌아다녔다. 아마 자신을 추적하는 감시자들을 따돌리려는 목적이었을 것이다. 장태오는 감시자들을 따돌리고 알파를 만나러 갔을 것이다. 만약 장태오가 살해당했다면 범인은 누굴까?

알파가 범인일까? 장태오가 만나러 간 사람은 알파다. 누군지 모르지만, 그 알파가 장태오를 죽였을 가능성은 있다. 그렇지만 마약을 찾았다고 연락하고서 곧바로 죽인다는 것은 말이 안 된다. 알파가 아니라면 장태오가 떨치지 못한 감시자 가운데 한 명이 범인일 가능성도 있다.

그렇다면 조서준이 범인일까? 조서준은 장태오 때문에 300만 원을 내게 돌려주었다. 그 과정에서 엄청난 모욕을 당했다. 조서준은 성격이 독하다. 앙심을 품었다가 장태오에게 복수할 날을 기다렸을 가능성이 꽤 크다. 그런 짓을 벌이고도 남을 놈이다.

최동민은 어떤가? 최동민은 다른 조직에서 짱이었다가 쫓겨났다. 장태오는 박민우를 시켜서 최동민에게 돈을 빌려주었다. 나중에 돈을 제때 갚지 못하자 박민우가 일부러 폭력을 행사하게 했다. 최동민도 앞뒤 사정을 모두 알았다. 같은 짱이었고, 친구였는데 자신을 잔인하게 짓밟은 장태오에게 앙심을 품었을 가능성은 충분하다. 특히 믿었던 친구에게 배신당했으니 복수심은 더 클 수밖에 없었다.

소년 프로파일러와 도박의 유혹

신준영은 또 어떤가? 신준영도 조직원이 있는 데에서 장태오에게 모욕을 당했다. 사고를 대비해서 돈을 남겨 놓으라는 규칙을 어겼다는 이유에서다. 사소하다면 사소한 잘못이다. 더구나 신준영은 장태오와 평소에 매우 친했다. 그런데도 인정사정 보아주지 않고 모욕을 안겼으니 복수심이 생길 만도 했다.

안현주도 의심스럽다. 여동생을 망가뜨린 장태오에게 복수할 이유는 충분하다. 더군다나 안현주는 체육대학 특기생이다. 장태오를 가볍게 제압할 정도로 운동 능력이 뛰어나다. 장태오를 죽이려고 마음먹었다면 얼마든지 가능한 능력을 갖추었다. 동기와 실행력을 모두 갖춘 용의자가 바로 안현주다.

김은성 패거리는 어떤가? 걔들도 장태오를 죽여야 할 이유가 있을까? 그들에게는 장태오를 죽일 이유가 없다. 그러나 협박하다 사고로 장태오를 죽였을 수는 있다. 의도치 않게 사건이 벌어졌을 가능성은 얼마든지 있다.

그 외에도 용의자가 또 있을지 모른다. 장태오는 학교 짱이었고, 많은 원한을 살 만한 위치에 있었으니까. 아무리 생각해도 모르겠다. 유서까지 발견된 마당에 내 의심이 타당하지 않을 수도 있다. 경찰이 내린 결론처럼 자살일 가능성이 클 것이다. 그러나 마지막에 받은 전화가 자꾸 걸렸다. 머리가 아프다. 나로서는 풀 수 없는 퍼즐이다. 차라리 내가 아는 무서운 사실들이 그저 장태오가 꾸며 낸 거짓말이면 좋겠다.

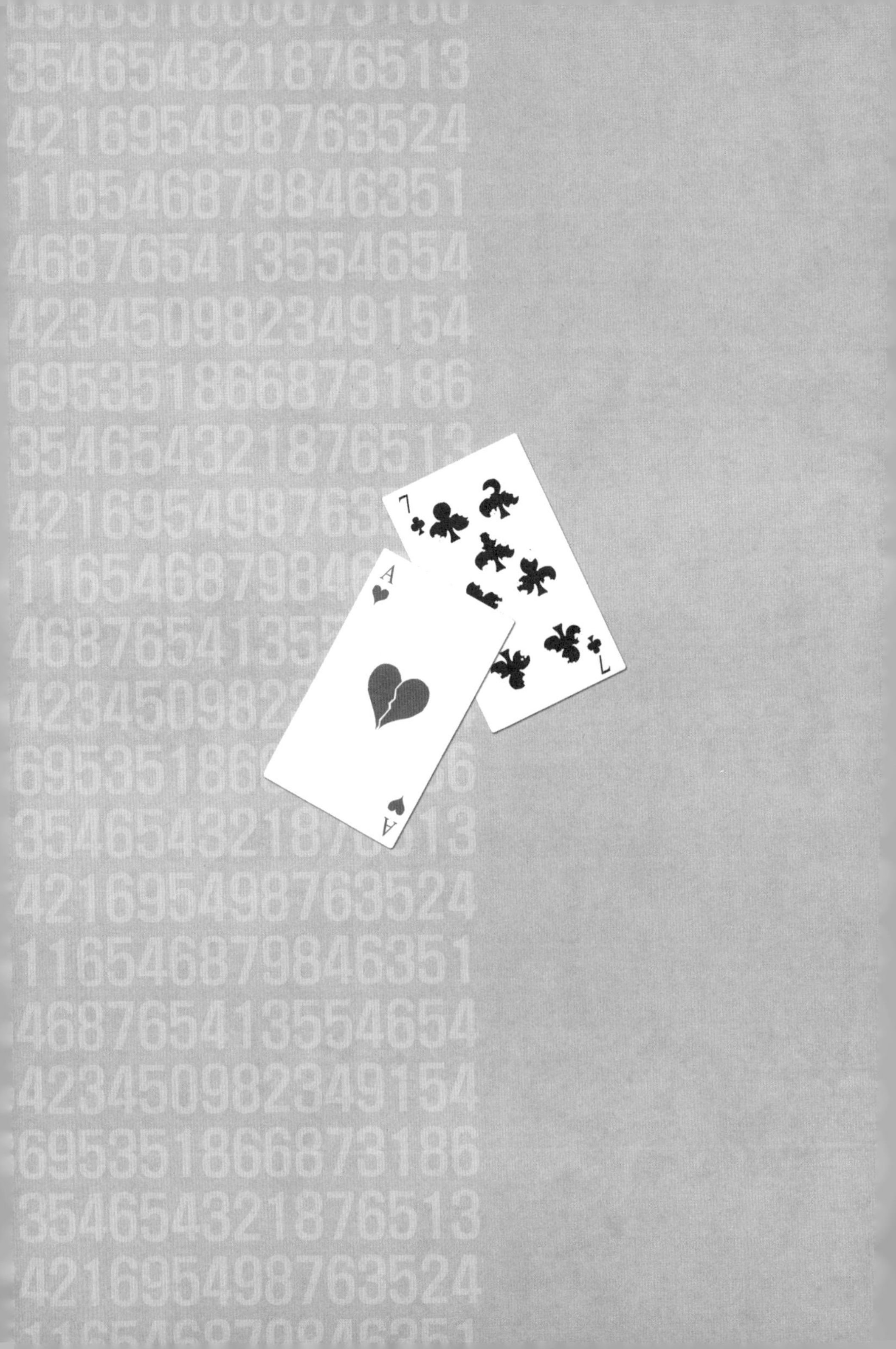

· 5막 ·

조커

저에게는 도움이 필요합니다

★ 소년 프로파일러

약속 장소는 거대한 빌딩 앞이었다. 7월을 달구는 뜨거운 햇살이 내 모든 비밀을 꿰뚫어 보는 듯했다. 빌딩 정문으로는 양복을 잘 차려입은 어른들이 드나들었다. 빌딩 정면에는 광고에서 숱하게 접한 대기업 이름이 새겨져 있었다.

"도대체 왜 여기에서 보자는 거야."

나는 조금 늦게 나타난 이호찬에게 투덜거렸다.

"일단 따라 와. 들어가 보면 알아."

이호찬은 나를 이끌고 성큼성큼 빌딩 안으로 들어갔다.

이호찬은 어릴 때 야구를 같이 했던 친구다. 나와 달리 계속 야구를 한다. 실력이 좋아서 고등학교 진학도 이미 결정되었다. 한동안 연락이 끊겼는데, 얼마 전에 연락이 닿았다. 딱히 어디 하소연할 데도 없어서 답답한 속내를 털어놓았더니 도움을 줄 사람을 안다고 했다. 이호찬이 만나자고 한 곳은 내 예상을 완전히 벗어난 장소였다. 도대체 이곳에서 무슨 도움을 받는다는 것인지, 추측조차 할 수 없었다.

이호찬은 안내 데스크로 가더니 몇 마디 주고받았다. 상냥한 웃음을 지으며 직원이 우리를 이끌었다. 화려한 복도에 있는 승강기였다. 일반인들은 이용하지 않는 승강기였다. 승강기에는 숫자가 1, 25, 26, 39, 40

밖에 없었다. 직원은 25를 눌렀다.

"위에서 기다리십니다."

승강기 문이 닫혔다.

"이건 VIP용 승강기잖아. 도대체 누굴 만나는 거야?"

"홍구산이라고, 내 친구야."

"홍구산이란 친구가 재벌가 아들이야?"

"구산이는 아니고, 구산이 여자친구가 재벌 회장이 애지중지하는 손녀지."

승강기 문이 열렸다. 검은 양복을 입은 직원 두 명이 우리를 기다리고 있었다. 우리는 그들을 따라갔다. 큰 문을 지나고 화려한 소파가 놓인 방으로 들어갔다.

"잠깐 기다려."

이호찬이 옆방으로 간 사이에 나는 그곳을 둘러보았다. 온갖 곳에 설치된 카메라가 눈에 들어왔다. 실내 장식은 오래된 성안에 앉아 있는 기분을 자아냈다. 괜히 긴장되었다. 스마트폰을 꺼내서 자꾸 시간을 확인했다. 10분이 지나고 이호찬과 홍구산이 같이 나왔다. 홍구산 옆에는 예쁘게 생긴 여자애가 바짝 붙어 있었다. 첫인상이 무척 차가웠다. 가까이 다가갔다가는 얼어버릴 것 같았다.

이호찬이 홍구산을 소개했다. 나는 내 이름을 말했다. 홍구산은 내 눈을 뚫어져라 보았다. 마주보기가 힘들었다. 내 속을 훤히 꿰뚫는 것 같았다. 홍구산이 손을 내밀었다. 손바닥이 위를 향했다. 악수하려고 내민 손이 아니었다.

"스마트폰 이리 줘."

이호찬이 옆에서 시키는 대로 하라고 했다. 나는 스마트폰을 건넸다. 홍구산은 종이 한 장을 주었다.

"설정해 둔 비밀번호는 모조리 다 적어."

"그건 왜?"

당연히 거부감이 들었다.

"도움을 받고 싶다면 적어."

저항하기 힘든 힘이 느껴졌다. 최전성기 때 장태오보다 더 강한 기운이었다. 내가 비밀번호를 다 적어 내자 홍구산은 전화로 사람을 불렀다. 문이 열리고 정장을 입은 여자가 들어왔다. 홍구산은 그 여자와 작은 소리로 대화를 나누었다. 그 여자는 스마트폰과 비밀번호가 적힌 종이를 받아서는 밖으로 나갔다.

"이제부터 네가 겪은 이야기를 모두 털어놔. 하나도 남김없이."

홍구산이 내 눈을 정면으로 응시하며 말했다.

나는 망설였다. 마약, 알파, 폭력 조직에 관한 이야기를 털어놔야 할지 고민이었다. 경찰 조사에서도 진술하지 않은 비밀을 난생처음 보는 동갑내기에게 솔직하게 말해도 될까?

"말하고 싶지 않으면 안 해도 돼."

홍구산이 차갑게 말했다.

"자유를 원하면 솔직히 말하고."

자유라는 말이 묘하게 자극을 가했다.

어릴 때부터 나는 자유를 갈망했다. 엄마는 항상 내가 할 일을 정해 주었다. 야구도 엄마가 시켜서 했다. 내가 지나치게 여성스럽다는 이유였다. 남자다운 운동을 시키려고 고민하던 엄마는 내가 TV 야구 중계를 좋아하는 것을 보고 어린이 야구단에 보냈다. 그랬던 엄마는 정작 내가 야구 선수를 꿈꾸자 강하게 막아섰다. 그 길은 성공하기 어려우니 공부하라고 했다. 나는 내 뜻을 밝히지도 못한 채 엄마 뜻대로 따랐다. 일상생활도 늘 그런 식이었다. 엄마는 내 행동 하나하나까지 시시콜콜 간섭했다. 중학생이 되면서 줄어들었지만 내가 누리는 자유는 별로 없었다. 어쩌면 내가 도박에 빠진 성향이 된 것은 엄마 때문인지도 모르겠다. 나는 도박하면서 엄마를 속인다는 생각보다는 엄마 몰래 자유를 누린다는 생각이 강했다. 그러고 보니 또다시 남 탓이다. 내가 잘못 선택해 놓고 엄마를 원망하고 있다. 나는 구제불능이다. 이 지경에 이르러서도 엄마 탓만 하다니…….

나는 솔직히 털어놓았다. 도박에 빠진 첫 순간부터 다 이야기했다. 홍구산은 중간에 미흡하다 싶은 대목이 나오면 질문을 했다. 내 이야기를 듣는 내내 홍구산은 내 눈을 응시했다. 그 시선을 마주보기 힘들어서 계속 피했다. 아주 긴 이야기였다. 다 털어놓고 나니 속이 시원했다.

"용의자가 한 명 빠졌네."

홍구산은 여전히 내 눈을 보며 말했다.

"의심할 만한 사람은 다 말했는데……."

"가장 강력한 용의자를 빼놓았잖아."

"그게 누군데?"

"바로 너."

홍구산이 손가락으로 나를 가리켰다. 가슴이 철렁 내려앉았다. 눈이 파르르 떨렸다.

"네 말이 다 사실인지 믿을 수가 없어."

반박할 논리는 딱히 없었다.

"도박중독자들은 거짓말을 아무렇지 않게 하거든."

"나는 진실만 말했어."

"진실은 아니지. 사실일지는 모르지만."

진실과 사실이 어떻게 다른지 묻고 싶었다.

"일단 네 말이 모두 사실이라고 치자."

홍구산이 손가락으로 탁자를 두드렸다. 잠시 고민하더니 말을 이었다.

"풀리지 않는 의문점이 몇 가지 있어."

홍구산은 영화에 나오는 탐정 같은 말투를 썼다.

"장태오는 왜 조직 수장 자리에서 쫓겨났을까?"

"마약 배달에 실패해서 알파가……."

"그건 장태오가 이해한 이유일 뿐이야."

홍구산은 자세를 고쳐 앉더니 내가 생각하지도 못한 지점을 줄줄이 짚었다.

"첫째, 돈 흐름을 막은 조치가 이상해. 위에서 공급되던 돈줄이 갑자기 끊겼어. 위쪽 돈줄을 막아도 장태오라면 아래쪽에서 돈을 끌어당길 수 있었어. 조직원은 많고 빚쟁이는 널렸으니까. 그런데 개인끼리 돈거래도 금지시켰어. 위와 아래에서 동시에 돈을 공급받을 길을 막아 버린 거야. 그런데 장태오가 밀려난 뒤에 기다렸다는 듯이 곧바로 위에서 공급되는 돈이 풀렸고, 경찰이나 교육청의 조사는 없었어. 결국 그 첩보는 가짜였을 가능성이 커. 조사 계획이 진짜였는지는 내가 곧바로 확인해 볼 수 있으니 사실 여부는 곧 알게 될 거야."

경찰이나 교육청의 조사는 내가 생각하기에도 조금 이상하기는 했다. 그런데 돈줄을 막은 것은 장태오를 곤란하게 하려는 의도였을까? 그것은 모르겠다.

"둘째, 돈줄이 막힌 시점이 기가 막혀. 마치 장태오에게 돈이 말랐다는 사실을 정확히 알고 있었다는 듯이 그 시점에 돈줄을 막아 버렸거든. 장태오가 돈을 융통할 방법을 위와 아래에서 완전히 틀어막아 버렸어. 또한 스포츠토토를 즐기는 장태오가 꼭 끼고 싶은 챔피언스리그 결승전 베팅을 얼마 앞둔 시점이었어. 아주 기가 막히지. 돈줄은 말랐고, 내기하고 싶은 큰 경기는 바로 앞이고. 기본 베팅이 500만 원이나 될 정도로 큰 판이 열리는 바로 그 시점이야. 절묘하지 않아?"

장태오가 챔피언스리그에 판돈을 걸고 싶어서 환장한 것은 분명한 사실이었다.

"셋째, 정승필은 장태오에게 꼭 돈을 빌려주려고 했어. 마치 돈을 빌려주지 않으면 안 될 것처럼 행동했어. 김은성 쪽도 돈을 빌려주었지. 이건 마치 장태오가 큰돈을 베팅하도록 여건을 마련해 준 것 같단 말이야."

정승필이 찾아낸 희생양이 바로 나였다.

"넷째, 마약 배달과 관련된 의문점이 여러 가지야. 마약을 한 달 동안이나 중학생 집에 보관하라는 요구는 아무리 봐도 어색해. 10억 원어치 마약이면 엄청나. 그걸 도박중독자인 중학생한테 맡기는 마약 조직이 과연 있을까?"

"경찰 추적을 따돌리려면 그럴 수도 있지 않아?"

나는 처음으로 반론을 폈다.

"그렇지. 마약 조직의 내부 상황이나 여건에 따라 그런 이상한 선택을 할 가능성을 배제하지는 못해. 문제는 그 마약 배달에 실패함으로써 빚어진 효과지. 무려 10억 원어치야. 장태오는 그 돈을 마련할 방법을 고민하다 큰돈을 베팅하는 방법밖에 생각하지 못했을 거야. 장태오로서는 당연하지. 그리고 그렇게 큰돈을 따려면 방법은 하나야. 아주 큰 판인데 가능성이 극히 낮은 쪽에 거는 거지. 배당률이 확 올라갈 테니까. 위험한 베팅을 한 결과는 네가 목격한 대로고."

장태오가 '해외 스포츠 도박은 판이 크다'고 했던 말이 떠올랐다.

"또한 마약을 보관하기로 한 기한이 참 절묘해. 장태오가 빌린 돈을 갚는 시기와 마약을 되돌려 주어야 하는 시점이 절묘하게 겹치거든. 장태오로서는 벼랑에 선 기분을 느끼기에 충분하지."

설명을 듣고 보니 장태오가 자살했을 가능성이 훨씬 큰 것 같았다. 홍구산은 내 반응을 무시하고 말을 이어 나갔다.

"그 조직폭력배를 만나서 장태오가 나눴다는 대화도 참 이상해. 장태오는 학교생활에 관한 평범한 이야기를 나눴다고 했어. 장태오는 자신이 해야 하는 일과 관련된 대화를 들으러 갔을 테고, 만약 들었다면 그걸 너한테 조금은 내비쳤을 거야."

그들이 나누는 대화가 몹시 궁금했던 나였기에 평범한 학교생활과 관련한 대화만 나누었다는 말을 듣자 솔직히 무척 허무함을 느꼈던 기억이 났다.

"더 이상한 점은 마치 기다렸다는 듯이, 영화처럼 후드를 뒤집어쓴 놈들이 나타나 장태오를 공격했다는 거야. 아무리 봐도 이건 함정을 파놓은 냄새가 물씬 풍겨."

"그건 우연히 그럴 수도 있잖아?"

"물론 그렇지. 우연하게 그리될 수도 있지. 하지만 우연이라고 여길 만한 사건이 자주 반복되면 그건 우연이 아니라 계획된 거야. 연결해 보면 이렇게 돼. 장태오가 돈이 마른 시점에 돈줄을 완전히 차단하는 조치를 취했어. 때마침 장태오가 꼭 참가하고 싶은 큰 도박판이 열리기 직전이기에 장태오는 돈이 급했어. 알파가 큰돈을 벌 수 있는 마약 배달과 보관을 제안하자 장태오는 거부하기 힘들었지. 그런데 이상하게도 30일이나 보관하라는 조건을 내걸어. 마약을 받으러 간 자리에서 때마침 공격을 당해서 빼앗겨. 알파는 마약이 무려 10억 원어치라고 알리며 겁을 줘. 조사 때문에 막혔다던 돈줄이 갑자기 열려. 새롭게 짱이 된 정승필은 장태오에게 돈을 빌려주지 못해 안달해. 장태오는 위험한 베팅을 할 수밖에 없었고 결국 파멸해. 잃어버린 마약을 되돌려 주어야 하는 날짜와 너희가 돈을 돌려받은 시점은 절묘하게 겹쳐."

사건 하나씩만 보면 이상하지 않은데, 연결하고 보니 이상하기는 했다.

"다시 확인해야 할 게 있어. 네가 장태오를 때리는 사건을 벌이기 전, 그곳에 조직원들을 모이라고 했을 때 정승필이 했던 말을 다시 정확히 해 줘."

"그걸 왜?"

"중요하니까."

왜 중요한지 모르지만 나는 들은 대로 다시 말했다.

"모두가 모인 곳에서 장태오에게 압력을 넣는 자리를 꼭 만들어야 한다고 했어. 꼭 그래야만 한다고."

"그걸 넌 조직원들 앞에서 자기 힘을 과시하려는 의도로 해석했고?"

"내가 보기에는 그랬어."

홍구산은 알 듯 모를 듯한 웃음을 지었다. 어떤 사실을 알아낸 듯했다. 사실이 아니라 진실인가?

"내가 처음에 물었어. 장태오는 왜 쫓겨났을까? 억지로 마약 배달에 실패하는 사건을 만들어 낸 동기는 무엇일까?"

"그게 왜 이 사건을 이해하게 해 줄 핵심 질문이야?"

"알파가 이 사건을 벌인 이유를 알면 알파를 찾을 수 있기 때문이지."

홍구산은 자신만만해 보였다.

"알파를 찾을 수 있다고?"

내 목소리가 커졌다.

"도대체 알파가 누군데?"

"장태오는 안정되게 조직을 관리했어. 알파가 지시한 조직 규칙도 꼼꼼하게 잘 지켰고. 잘 안 지키던 교칙까지 잘 지켜서 선생님들에게 칭찬받을 정도라면 그건 신뢰할 만한 사실일 거야. 알파가 정한 규칙을 어긴 최동민이 몰락하는 걸 장태오는 가장 가까이에서 봤어. 알파가 조직 폭력배와 연결된 것도 접했고. 그렇다면 장태오는 사업과 관련한 실수를 저지른 게 아니야. 알파가 청소년들을 도박판에 끌어들여 돈을 대출하는 것으로 이득을 보는 자라면 장태오 같은 사람은 버리면 안 돼. 그 뒤를 이은 정승필과 견주면 더 그렇지. 정승필은 장태오에 견주면 능력이 한참 못 미쳐."

그것은 사실이다. 성승필은 내가 보기에도 만만했다. 오죽하면 내가 정승필 자리를 탐했겠는가? 장태오가 잘나갈 때는 아무도 장태오에게 대들 엄두조차 못 냈다. 그 당시 장태오는 까마득하게 높은 존재였다.

"그러면 그 일을 알파가 벌인 이유가 사업과는 관계없다고 봐야 해. 이 점이 중요해. 사업이 아니면, 이건 개인 관계거든. 알파는 장태오와 개인 관계로 원한을 산 자 가운데 한 명이야. 그런데 장태오를 싫어하고, 원한을 품었다고 네가 열거한 사람 중에는 알파가 있을 가능성이 없어. 물론 네가 모르는 어떤 관계를 장태오가 맺었을지는 모르지만, 그랬다면 아마 장태오에게서 어떤 신호가 왔을 거야. 극단에 몰려서 예민해진 장태오조차 자신을 망가뜨리려는 존재를 짐작도 못 했어. 그건 장태오의 주변 인물이지만 장태오가 도저히 상상할 수 없는 인물이었다는 뜻이지. 이 추론은 장태오 스스로는 전혀 인지할 수 없었던 미움을 받았다는 결론으로 이어져. 어떤 일을 계기로……."

짐작도 되지 않았다. 그런 일이 뭐가 있단 말인가? 아무리 기억을 더듬어 보아도 작은 실마리조차 잡히지 않았다.

"중요한 질문 두 번째, 네가 장태오를 때린 날 은밀한 조직 모임이었을 텐데 어떻게 해서 구경꾼들이 모였어? 구경꾼이 꽤 많이 모였다고 했잖아."

"그건…… 모르겠어. 생각해 본 적이 없어."

"정승필에게 들은 이야기도 없고?"

"전혀. 그런데 그게 왜 중요해?"

이어서 나온 답변은 나를 충격에 빠뜨렸다.

"그 가운데 알파가 있었을 테니까."

갑자기 온몸에 소름이 돋았다. 어떤 얼굴이 떠올랐기 때문이다.

"반응을 보니 어떤 한 사람이 떠오른 모양이네."

"말도 안 돼."

"그 녀석이 알파야."

"그럴 리가 없어."

나는 머리를 감싸 쥐었다.

홍구산은 나를 물끄러미 보더니, 옆에 있던 여자애에게 말했다.

"슬비야. 부탁 좀 할게."

"응. 뭔데?"

홍구산은 여자친구에게 귓속말을 했다.

"알았어. 그럼 난 잠깐 다녀올게. 안 그래도 회의가 방금 끝났다고 비서실에서 문자가 왔어."

"나도 금방 끝내고 올라갈게."

이슬비가 나가자 홍구산은 다시 나를 응시했다.

"걔가…… 도대체…… 왜?"

말을 잇기 힘들었다.

"체육 대회 기억나?"

우리 반이 우승해서 장태오가 피자와 치킨을 쏜 날이었다.

"그날 장태오는 선을 넘었어. 알파가 그어 놓은 선을."

손끝이 스마트폰 진동처럼 떨렸다.

"너도 경고를 받았지. 분수를 지키라고, 적당히 하라고, 선을 넘지 말라고. 장태오는 체육 대회 날에 기분을 냈어. 자기 권력을 과시했지. 그리고 그 녀석이 말했어. 선 넘네."

"그…… 그럼…… 그 녀석이…… 장태오를…… 죽인 거야?"

"그럴 리가 없지. 알파는 장태오를 죽이면 안 돼. 사업에 지장이 생기잖아. 장태오가 죽으면 사업에 심각한 타격을 입어. 더구나 알파는 너희 학교에서만 사업을 벌인 게 아니거든. 비슷한 사업 방식이 여러 학교에서 발견됐어. 나도 전학을 간 지 얼마 안 된 터라 2주일 전에야 겨우 눈치챘어. 예전 학교였다면 바로 알아챘을 텐데, 새로운 곳이라 조금 시간이 걸렸지. 내가 호찬이 부탁을 들어주겠다고 한 이유야. 아무래도 알파가 너희 학교에 있을 거라는 직감이 들더라고. 그리고 내 직감은 맞았어."

"그 마약은 그럼…… 어떻게 된 거야?"

"마약 따위는 없었어. 그러니까 장태오가 자살하려는 시점에 맞춰서 되찾았다고 연락할 수 있었지. 진짜 마약이었다면 알파가 가장 먼저 도망쳐야 했을 거야. 장태오가 밀려나자마자 조폭들이 돈을 풀어 줄 리도 없고. 아이들 코 묻은 돈과 마약 거래는 차원이 다르니까."

"그럼, 장태오는 어떻게 된 거야?"

"캐치볼을 마쳤을 때쯤 알파에게 문자가 왔지. 그때까지도 장태오는 마약을 되찾았다는 소식을 듣지 못했고. 그럼 알파는 장태오에게 무엇을 요구했을까? 알파가 다른 사람 인생을 끝까지 무너뜨리는 쾌감을 맛보려면 어찌해야 할까?"

"자……살."

나는 조심스럽게 내뱉었다.

"이걸로 유서는 설명이 돼. 알파는 장태오에게 대놓고 죽으라고 했을 거야. 죽을 장소는 당연히 지정하지. 알파 같은 놈들은 그걸 지켜봐야 만족하고 쾌감을 느끼거든. 지배하는 자로서 느끼는 만족감, 아래 사람이 버러지처럼 비참하게 나뒹구는 모습을 보면서 얻는 쾌락을 원하지. 그래서 장태오가 맞았을 때 아이들을 이끌고 구경 나왔던 거고. 혼자 나오면 안 되니까."

"그 녀석이 장태오에게 자살을 지시했다고?"

"장태오는 벼랑 끝에 섰어. 자살이 부모님을 파멸에서 구할 마지막 수단이라고 믿었겠지. 자신은 도박 빚에 쫓겨 죽는 것처럼 될 테고. 마약 사건은 묻히리라 믿었을 거야."

장태오가 나에게 글러브와 사인볼을 넘겨주던 장면이 생생히 기억났다. 장태오는 그 순간 이미 죽으려고 결심한 것이다. 나에게 자살하겠다는 뜻을 여러 번 내비쳤다. 알파에게 어떤 압력을 받았을지 충분히 예상되었다.

"마지막 벼랑에 세운 뒤 알파는 장태오를 구해 줬어. 선심을 썼지. 죽이기도 하고 살리기도 하고. 알파는 자기 힘을 확인하며 엄청 짜릿했을 거야. 물론 장태오는 뛸 듯이 기뻐했어. 단지 죽지 않아도 되어서였을 까? 그 정도가 아니었을 거야. 빚이 1,000만 원이 넘는데 그것을 아무렇 지 않게 여길 정도는 아닐 테니까. 어쨌든 부모님에게 연락이 갔고, 그 돈을 갚으려면 앞날이 깜깜하지. 그런데도 왜 아무런 걱정조차 없는 듯 이 기뻐했을까? 모든 걸 되찾았다는 듯이……."

"짧은 통화였지만…… 정말 기쁨에 들뜬 목소리였어."

장태오 목소리가 환청처럼 울렸다.

"그 기쁨은 알파가 한 약속 때문이었어."

홍구산은 마치 바로 옆에서 모든 것을 지켜본 사람처럼 확신에 찬 표 현을 썼다.

"무슨 약속을?"

"자리를 되찾아 주겠다는 약속."

"왜?"

"장태오를 깔아뭉갠 놈들이 당하는 꼴을 보고 싶은 거지. 전지전능 한 신이 되어 자기 멋대로 장난치고 싶은 욕망이 다시 발동된 거야. 알 파는 장태오를 가지고 놀면서 그 맛을 제대로 봤거든. 그러니 또 다른 쾌감을 맛보고 싶은 건 당연해."

알파가 그 녀석이었다니, 처음에는 믿을 수 없었다. 그러나 평소에 그 녀석이 하는 말과 행동을 곰곰이 되짚어 보니 홍구산이 한 말과 정 확히 맞아떨어졌다. 우리 학교에 알파가 있다면 그 녀석 말고는 적임자 가 없었다. 그리고 그날, 그 녀석도 그곳에 왔다.

그때 내 스마트폰을 가져갔던 여자가 다시 들어왔다. 홍구산과 여자는 내가 들리지 않게 구석진 데에서 조용히 대화를 나누었다. 내 스마트폰을 돌려줄 줄 알았는데 그 여자는 그냥 들고 나가 버렸다.

"내 스마트폰은……."

"당분간은 안 돼."

홍구산이 딱 잘라 말했다.

"내 거야."

"그 스마트폰은 쓰지 않는 게 좋아."

"내 거라고."

홍구산은 내 요구는 들은 척도 안 했다.

"네 스마트폰은 전문가들이 분석 중이야. 일단 간단하게 살펴보았는데 흥미로운 게 나왔다고 하네. 조서준과 정재현이 너한테 400만 원을 받은 사실을 장태오가 어떻게 알았는지 궁금하지 않아?"

질문을 받자마자 어떤 답이 떠올랐다.

"혹시 내 스마트폰에……."

"그래 맞아. 이용자가 모르는 프로그램을 심은 거야. 이용자 정보를 빼 간 거지. 그걸로 감시했어. 그러니 속속들이 알 수밖에……. 이런 프로그램은 알파 따위가 만들 수 없어. 그 이상인 전문가가 달라붙은 거야. 그 사업은 몇몇 학교만 노리고 계획되지 않았어. 내 관심사는 알파 따위가 아니야. 물론 철없는 어린아이처럼 개미를 짓밟으며 얻는 쾌감이나 추구하는 알파 같은 놈도 응징해야 하지만, 진짜 악은 따로 있거든. 내가 말했지? 나도 따로 추적 중이었다고. 청소년들에게 도박을 퍼

트리고 그걸로 돈을 버는 사악한 어른들. 그 조직을 잡는 게 내 목표야."

정승필에게 받은 첫 번째 링크가 떠올랐다. 그때는 별생각 없이 넘어갔는데 그게 내 일거수일투족을 모두 들여다보는 감시망이었다고 생각하니 소름이 돋았다.

"네 목표는 잘 알겠는데…… 태오를 죽인 범인이 누군지 알 수 있을까?"

"장태오를 죽인 범인은 어쩌면 간단히 잡힐지도 몰라."

예상치 못한 답변이었다. 홍구산은 앉은 자리에서 우리가 겪은 모든 일을 들여다보는 것 같았다.

"사건 현장에는 장태오의 스마트폰이 없었어. 너와 9시에 통화했다고 했으니 그때까지는 있었단 말인데, 스마트폰이 사라졌다면 범인이 가져갔을 거야. 그럼 범인은 그 스마트폰을 어떻게 했을까? 보통 사람이 범인이라면 찾지 못하도록 버리거나 폐기했을 거야. 그러나 내 예상대로 도박에 빠진 놈 가운데 한 명이 범인이라면…… 그자는 스마트폰을 중고거래 사이트에 올렸을 가능성이 커."

멍청한 짓이지만 나라도 그런 짓을 벌일 가능성은 있었다.

"원래 도박에 중독되면 이성이 마비돼. 판단 능력도 심하게 떨어지지. 보통 사람은 절대 내리지 않을 결정을 무분별하게 내리기도 해. 내 예상대로라면 분명히 팔려고 올렸을 거야. 내가 전문가들에게 중고거래 쪽을 뒤져 보라고 요청할게."

홍구산은 곧바로 전화했다. 상황을 설명하고는 전화를 끊었다.

"다른 정보가 없어도 추적이 될까?"

"걱정 마. 여기 전문가들은 대한민국 최고니까."

이호찬은 내게 도움이 될 사람을 소개해 주겠다고 했다. 누구냐고 했더니 너한테는 '조커'가 될 것이라고 했다. 그때는 그냥 과장된 비유라고 여겼는데 어쩌면 '조커'란 표현이 정확히 어울릴지도 모른다는 생각이 들었다.

"그나저나 그 녀석을 직접 만나 보고 싶단 말이야."

홍구산이 말하는 그 녀석은 알파였다.

"네가 도균이를 만나겠다고?"

둘이 만나는 장면이 상상이 안 되었다.

그때 홍구산의 전화가 울렸다. 화면에 '♥슬비♥'라는 이름이 떴다.

"…… 거의 끝났어…… 부탁한 일은…… 벌써? …… 참 대단하시네. …… 알았어. …… 마무리하고 올라갈게."

전화를 끊고 홍구산이 일어났다. 나도 따라 일어났다.

"끝난 거야?"

이호찬이 물었다.

"마지막 한마디만 하고."

홍구산이 다시 내 눈을 직시했다. 나도 모르게 눈동자가 아래로 향했다.

"돈 갚을 생각은 절대 하지 말고, 부모님께 솔직하게 말씀드려. 마약이나 조폭 이야기는 빼고 도박하면서 네가 어떤 짓을 했는지 솔직히 털어놔. 특히 할머니께. 할머니는 네가 한 짓을 다 알면서도 말씀도 안 하셨어. 많이 걱정하셨을 거야. 사랑하는 손자가 무슨 짓을 하는지 걱정

200

은 되는데 묻지도 못 하시고. 그 사랑을 배신하지 마. 나한테 했듯이 솔직하게 털어놓으면 자유로워져. 너도 몇 번 말했듯이 도박은 혼자 힘으로 끊지 못해. 도움이 필요해. 그러니까 손을 내밀어. 호찬이가 날 조커라고 소개했다고 들었어. 정확히 말하면 네 옆에는 조커가 많아. 가장 좋은 조커는 부모님이지. 너를 진심으로 사랑하는 분들. 때로는 너를 억압하기도 하고, 때로는 네 마음에 안 드는 결정을 내리시는 분들이지만 그래도 너를 가장 사랑하는 분들이야. 그 조커를 써. 그리고 강의하신 그 선생님도 꼭 찾아가서 도와 달라고 해. 너희 학교에서 일어난 일들을 솔직히 말씀드리면 도와주실 거야. 명심해. 네 삶을 바꾸는 조커는 바로 네 옆에 있다는 것을…… 단지 넌 그 조커들을 몰랐을 뿐이야."

황금을 던져 버린 사내 이야기가 떠올랐다. 나는 그 사내가 던진 황금이 온라인 도박이라고 생각했다. 던져 버리지 않고 움켜쥔 내가 기특했다. 그런데 알고 보니 온라인 도박은 황금이 아니라 쇠사슬이었다. 내 몸을 묶어서 늪으로 끌고 가는 쇠사슬. 그리고 내 옆에 놓인 진짜 황금은 나를 사랑하는 사람들이었다. 그것이 진짜 내 황금이고, 진짜 내 '조커'였다.

"알았어. 그렇게 할게. 꼭."

이호찬이 내 어깨를 감쌌다. 그러고 보니 이호찬도 내게는 조커였다. 이호찬의 손을 꼭 잡았다. 홍구산은 부드럽게 웃었다. 문을 향해 가던 홍구산이 갑자기 내게 제안했다.

"혹시 다음 주 토요일 저녁에 시간 있어?"

"시간은 있는데…… 그건 왜?"

"응. 알파를 만날 건데, 너도 같이 있으면 어떨까 해서."

윤도균을 만나는 자리에 끼는 것은 불편했다. 그렇지만 윤도균이 정말 알파인지 확인하고 싶은 바람은 컸다. 나는 그러겠다고 답했다.

홍구산에게 약속한 대로 그날 부모님께 모든 진실을 고백했다. 경찰 조사 때문에 어느 정도 알고 계셨던 부모님은 내가 한 모든 일을 접하자 충격으로 한동안 말씀을 못 하셨다. 할머니께 찾아가서 용서도 빌었다. 할머니는 나를 꼭 껴안아 주셨다. 할머니는 속으로 얼마나 걱정을 많이 했는지 모른다면서 눈물을 보이셨다. 나는 학교에서 강의하셨던 선생님도 찾아갔다. 엄마와 함께 가서 도움을 요청했다. 선생님은 기꺼이 돕겠다며 상담 일정도 잡았다.

그리고 알파를 만나기로 한 그날이 왔다.

엄청나게 화려한 호텔이었다. 태어나서 그런 호텔은 처음이었다. 입구에서 이슬비 이름을 대니 안내원이 따로 나왔다. 승강기는 40층에서 멈추었다. 레스토랑에 들어서니 눈이 부셔 어지러울 지경이다. 드라마나 영화에서 부자들이 이용하는 레스토랑이 내 앞에 있었다. 나는 안내원을 따라 방으로 들어갔다. 서울 야경이 훤히 내려다보이는 곳이었다. 노을과 인공 빛이 함께 빚어낸 야경은 신묘한 풍경을 연출했다.

홍구산이 들어왔다. 나는 약속을 이행했음을 밝혔다. 홍구산이 나를 격려했다. 홍구산은 내게 이어폰 하나를 건넸다. 식사가 들어왔다.

"천천히 먹으면서 들어. 오래 안 걸릴 거야."

홍구산은 밝은 웃음을 남기고 방을 나갔다.

나는 화려한 요리에 어찌할 바를 몰랐다. 혀가 황홀경에 젖었다. 웬 만큼 돈을 벌어서는 감히 꿈도 꾸지 못할 요리였다. 도박으로 돈을 따서 이루고 싶었던 삶이 이런 모습이었을까? 그러나 아무리 생각해도 도박 으로는 이런 돈을 못 번다. 제대로 된 큰돈을 벌려면 사업을 하거나 공 부해야 한다.

문득 예은이가 했던 말이 떠올랐다.

'도박판을 벌이면 돈을 벌지만, 도박에 뛰어들면 절대 돈을 못 벌어.'

예은이 말이 맞았다. 도박중독자는 절대 돈을 못 번다. 도박판을 벌 인 사람들은 돈을 번다. 내가 잃어버린 그 많은 돈은 결국 도박판을 벌 인 놈들 손에 들어갔다. 도박판을 벌인 못된 어른들은 얼마나 많은 돈을 벌었을까? 알파 노릇을 하면서 윤도균은 또 얼마나 많은 돈을 벌었을 까? 그 돈이면 이런 데에서 아무렇지 않게 요리를 즐길 수 있을까? 맛 있고 화려한 요리를 먹는데 갑자기 입맛이 씁쓸해졌다.

그때 이어폰에서 소리가 들렸다. 윤도균과 이슬비가 나누는 잡담이 었다. 이슬비는 편하게 대화를 이끌었다. 윤도균은 약간 들뜬 듯했다. 하기는 예쁘고 대기업 회장이 아끼는 손녀가 자신에게 호감을 품고 접 근하는데 들뜨지 않으면 이상했다.

이슬비는 윤도균 입맛에 맞는 이야기를 계속 꺼냈다. 아이들을 깔보 는 말도 숱하게 반복했다. 윤도균의 취향에 맞춘 이야기였다. 조금 경계를 하던 윤도균도 자연스럽게 이슬비에게 호응했다. 둘은 보통 아이들이 얼마나 형편없는지 경쟁하듯이 쏟아 냈다. 이슬비가 자기 힘을 어떻게 과시했는지 자랑했다. 실제로 그렇게 했는지, 꾸며 냈는지는 구분이 안 되었다. 자연스럽게 윤도균도 박자를 맞추었다.

그러다 마침내 장태오란 이름이 나왔다. 윤도균은 버러지 같은 놈이 잘난 척하다 죽었다고 했다. 이슬비는 깔깔깔 웃었다. 차가운 인상과 겹치며 진심이 실린 웃음 같아서 무서웠다. 윤도균도 같이 웃었다. 둘은 호흡이 착착 맞았다.

그리고 드디어 홍구산이 등장했다.

"그래서, 알파 노릇하기 재미있었어?"

갑자기 나타난 사람이 누구인지 윤도균이 파악하기도 전에 홍구산이 날카롭게 찌르고 들어갔다.

"너 누구야?"

윤도균이 잔뜩 경계했다.

"누구기는 누구야. 네 비밀을 모두 알고 있는 사람이지."

윤도균은 대꾸하지 않았다. 옆에서 지켜보고 싶었다. 그 일그러진 표정을……

홍구산은 장태오와 관련한 일을 줄줄이 늘어놓았다. 윤도균은 입도 벙끗 않고 듣기만 했다.

"아무리 그래도 그렇지. 사업을 위험에 빠뜨리는 짓을 마음대로 벌이다니…… 그럼 안 되지."

"넌 도대체 누구야?"

소년 프로파일러와 도박의 유혹

"이 정도면 알아채야 하는 거 아니야? 제법 똑똑한 줄 알고 널 골랐는데……."

윤도균은 무시당하면 발끈한다. 그 모습을 보고 싶었다.

"오메가?"

오메가라니…… 그건 도대체 뭐지?

"그럼 뭐라고 생각했어?"

홍구산은 다 안다는 듯이 능청스럽게 받아넘겼다.

"네가 오메가라니……. 슬비 너랑 무슨 관계야?"

이슬비는 아무런 대답도 안 했다.

"이 자리를 일부러 마련한 거야?"

윤도균이 거듭 이슬비에게 물었다.

아무리 물어도 이슬비는 묵묵부답이었다. 대화는 홍구산이 계속 이끌어 나갔다.

"네 녀석이 사고를 너무 거하게 쳐 놔서 말이야. 왜 그랬어? 굳이 안 그래도 됐는데……."

윤도균은 잠시 뜸을 들였다.

"그건 말이야……."

들뜨고 당황한 기색은 사라지고 없었다. 차분하고 냉정한 윤도균으로 다시 돌아왔다.

"…… 재미있으니까."

"재미라…… 역시……."

홍구산이 중얼거렸다.

"인생을 망치게 하면 재밌잖아. 어차피 열등한 놈들은 가만히 둬도 밑바닥 인생이야. 미리 처참하게 무너지게 한들 무슨 상관이야? 너도 나랑 같은 과 아니었어?"

윤도균의 말투에서 즐거움이 느껴졌다.

"그렇기는 하지만 너 때문에 사업이 엉망진창이 됐어. 아직도 훼손된 사업이 복구가 안 됐잖아. 이것저것 다 바꾸느라 골치도 아프고."

"이제 곧 원래대로 돌아올 거야. 조사는 끝났고 학교도 더는 문제 삼지 않을 테니까. 늘 그렇듯이 사고가 나면 잠깐 반짝 긴장하지만, 곧 풀어지는 게 학교잖아. 장태오에게 직접 돈을 빌려준 놈들 선에서 사건은 정리되었어. 돈을 빌려준 놈들이 장태오를 압박했고, 빚에 짓눌린 장태오는 자살을 선택했다! 경찰이나 학교가 딱 좋아할 만한 결론이지. 청소년 자살이야 흔하게 벌어지는 사건이라 언론도 깊이 파고들지 않았어. 어른들은 이런 일이 벌어지면 빨리 덮고 넘어가려고 하는데 이번에도 예외는 아니었어."

윤도균은 자신만만했다.

"맞아. 10대 청소년이 죽으면 어른들은 자세히 알아보려고 애쓰지도 않고 뻔한 각본을 써 내려가기는 하지. 조금만 깊이 파고들면 전혀 다른 진실이 웅크리고 있는데 말이야."

"어른들은 속이기 쉬워."

윤도균이 웃는 듯했다.

"아…… 잠시만……."

잠시 대화가 끊겼다. 조금 뒤, 약하지만 진동음이 들렸다. 스마트폰을 진동으로 설정했을 때 나는 울림이었다.

"받아. 내가 걸었으니……."

"네 번호가…… 예전과…… 다른데? 아! 이것저것 바꿨다고 했지. 앞으로 이 번호로 연락하면 되는 거야?"

"그렇게 물으면 안 되고. 네 대포폰 번호를 어떻게 알아냈느냐고 물어야지."

"그게…… 무슨…… 말이야? 네가 오메가면 당연히……."

윤도균이 당황했다.

"세상에는 겉으로 드러난 사실만 보고 자기가 믿고 싶은 진실에 꿰맞추는 사람들이 대부분이지만, 그렇지 않은 예외도 몇 명은 있어. 그몇 명 가운데 한 명이 바로 네 앞에 있지."

"그게…… 무슨…… 뜻이야?"

"네가 숨기고 싶은 진실이 방금 그 대포폰 진동음으로 드러났다는 뜻이야."

"넌…… 오메가가 아니구나! 그럼 내 번호를 어떻게?"

"그래, 이제야 제대로 된 질문을 하네. 네가 말했지. 두 사람 선에서 정리될 거라고. 그렇지만 말이야. 진실을 아는 사람은 네 의도대로 움직이지 않아. 네 대포폰 번호를 아는 사람은 생각보다 많아. 너희 학교만 해도 정승필과 김은성, 최동민이 있지. 정승필과 김은성은 입을 꾹 다물었지만, 최동민은 다르지. 더는 비밀을 지킬 이유가 없으니까. 넌 꽤 치밀한 척했지만, 범죄에 사용한 대포폰을 계속 들고 다닐 만큼 멍청해. 네가 원한다고 대포폰을 마음대로 바꿀 수 없기는 하지만."

벌컥 문이 열리는 소리가 들렸다.

"당신들 누구야?"

"누구기는 누구야. 경찰이지."

홍구산이 매섭게 쏘아붙였다.

소란이 일었다. 윤도균은 거칠게 저항했지만 이내 경찰에 제압당한 듯했다.

"내게는 풀리지 않은 의문점이 하나 있었어. 넌 얼마든지 다른 방법으로도 권위와 권력을 맛볼 기회가 있는데 왜 이 일에 가담했을까? 물론 네 성향에 맞기는 하지만 위험한 어둠에 왜 발을 들여놓았을까? 넌 아무리 봐도 안전을 무엇보다 중요하게 여기는데 말이야. 그러다 한 가지 가정을 하니 의문이 풀렸어. 오늘 이 자리를 만든 건 내 가정이 맞는지 마지막으로 확인하기 위함이었어. 너를 잡으려고 하면 진즉에 잡을 수 있었지만, 오늘까지 일부러 기다렸지. 내 목표는 너처럼 하찮은 놈이 아니거든."

윤도균은 말이 없었다.

"오메가가 있다는 건 어떻게 알았어?"

이슬비가 물었다.

"저 녀석은 지배욕이 강하지만 무척 조심스러운 성향이야. 그래서 판사가 되고 싶었을 거야. 판사는 법이라는 안전한 테두리 안에서 신이 되는 놀이를 즐기기에 안성맞춤인 직업이니까. 그런 놈이 법의 테두리를 벗어났어. 혼자서 테두리를 벗어나는 용기를 발휘할 가능성은 크지 않으니, 누가 테두리를 벗어나도 괜찮다고 유혹을 했다는 말이 돼. 테

208

두리를 벗어나도 위험하지 않다고 안심시키기도 했을 테고, 그 위험을 감수해도 될 만큼 큰 보상이 따른다고 누가 설득했기에 저런 녀석이 안전한 테두리를 벗어나 불법에 발을 들여놓은 거지. 윤도균을 꼭두각시로 부리는 존재를 가정하면, 내 의문은 다 풀려."

"난 꼭두각시가 아니야!"

윤도균이 버럭 소리를 질렀다.

"꼭두각시가 아니라고? 그럼 넌 이 모든 범죄를 저지른 폭력 조직이 누구인지 다 알겠네?"

"그건……."

윤도균은 대답을 못 했다.

"당연히 모르지. 네가 조폭들과 연결되어 있다면 장태오가 마약 배달을 한다고 속게 만들 때 조폭들을 이용했을 거야. 조폭들에게는 사업 관리에 필요하니 적당히 공포심을 좀 조장해 달라고 하면 되었겠지. 실제로 최동민이 딴 주머니를 찼을 때 조폭이 직접 등장하기도 했으니까 요청하면 조폭이 움직였을 거야. 그런데도 넌 조폭 같지도 않은 사람을 내보냈어. 장태오가 워낙 긴장하고 겁을 집어먹어서 속았지만 조금만 정신을 차렸으면 이상하다고 눈치챘을 거야. 아마도 심부름센터 같은 데 의뢰를 했겠지. 장태오가 눈치챌 틈을 주지 않기 위해 만나는 시간을 10분밖에 주지 않았어. 또한 학교생활 같은 뻔한 대화가 중심이었고. 아마 마약 배달과 관련해서는 뭉뚱그린 표현을 준비시켰겠지. 그래야 장태오가 대충 어림하며 해석할 테니까."

"그건 다 추론……일 뿐이야. 증거는…… 없어."

"너도 참…… 대단하다. 꼭두각시란 어휘가 네 자존심을 그렇게 세게 건드린 거야? 모든 걸 오메가에게 떠넘기면 더 편할 텐데……. 하기는 대포폰에 네가 저지른 범죄 증거가 다 남아 있어서 오메가에게 떠넘기기도 힘들 거야. 넌 안심하고 텔레그램을 썼는지 모르겠지만 포렌식을 하면 거의 다 복구돼. 증거라고 했으니 말해 줄게. 경찰이 진실을 파헤치기 위해 다시 조사에 들어갔어. 내가 진실을 알려 주었거든. 네가 감추려고 했던 비밀을 경찰이 이미 파악했어. 경찰은 범죄에 사용된 대포통장도 조사했어. 그런데 아무리 조사해도 너와 대포통장은 아무런 관련이 없는 거야. 엄청난 돈이 오갔는데 너랑 연계된 흔적이 전혀 없었어. 네가 통장을 관리하지 않았다는 증거지. 조직을 움직이는 핵심이 돈인데, 네가 돈을 전혀 관리하지 않았다면 넌 중심이 아니야. 텔레그램을 포렌식으로 복구하면 네가 꼭두각시처럼 명령을 받아서 수행한 증거들이 넘치겠지."

"나를 속이다니……."

"속이기는, 네가 멍청한 거지. 네가 말했잖아. 힘없는 놈은 짓밟히는 거라고. 일찍 짓밟아 준다고 해서 죄가 될 건 없다고."

윤도균이 부들부들 떠는 모습이 나에게도 보이는 듯했다.

"내가 왜 이런 번거로운 자리를 만들었을까? 처음에 슬비 할아버지께 네 아버지와 약속을 잡아 달라고 부탁드린 까닭은 내 호기심 때문이었어. 나는 프로파일러가 꿈이고 너 같은 녀석은 꼭 만나 보고 싶거든. 그런데 요 며칠 사이에 사정이 바뀌었어. 경찰이 대포통장을 조사하면 폭력 조직이 드러날 줄 알았는데 아닌 거야. 해외계좌에 암호화폐까지 복잡하게 동원해서 어찌나 비밀스럽게 돈을 돌렸는지 실마리를 잡기가 너무 힘들어. 조사가 오래 걸리면 사업을 정리하고 도망쳐 버릴 수도 있어서 난감한 상황이야. 이 상황에서 폭력 조직을 빨리 잡아내려면 방법은 하나뿐이야. 너를 꼭두각시로 조종한 오메가를 찾는 거지. 나는 너를 꼭두각시로 부린 자가 누구인지 알아내려고 이 자리를 만들었어. 그리고 너와 대화를 나누면서 알았어. 오메가가 누군지."

"오메가가 누군지 안다고?"

윤도균이 놀라서 물었다.

"궁금하지? 넌 영원히 모를 거야. 그냥 솔직히 네 죄를 인정하기나 해. 인정 안 해 봤자 대포폰에 모든 증거가 다 있겠지만. 그나저나 어떡하냐? 판사가 돼서 세상을 굽어보며 신 노릇을 하고 싶었는데, 이제 범죄자가 되어 손가락질을 당하는 벌레가 되어야 하니."

윤도균이 욕을 했다.

"구산아, 살살 해라."

여자 목소리가 들렸다. 홍구산이 아는 경찰 같았다.

"이런 자들은 나쁜 어른으로 자라기 전에 싹부터 밟아야 해요. 세상이 얼마나 무서운지, 자신보다 강한 존재가 얼마나 많은지 철저히 깨닫게 해 줘야 해요."

"넌 다 좋은데 그런 면은……. 아니다. 나중에 이야기하자."

"홍 형사님, 나중에 여기서 저녁 식사해요. 여기 요리 꽤 맛있어요."

이슬비가 다정하게 굴었다.

"난 이런 데는 체질에 안 맞아. 언니 국수 가게가 나한테는 최고야."

211

"어머니 국수 가게가 최고기는 하죠."

이슬비가 맑게 웃었다. 차가운 인상과는 전혀 어울리지 않는 웃음이었다.

몇 분 후, 홍구산과 이슬비가 내가 있는 곳으로 들어왔다.

"도균이가…… 아무리 그래도 그렇지…… 태오에게 자살하라고 강요하다니……."

나는 나오는 욕을 겨우 삼켰다. 글러브와 사인볼을 넘겨주던 장태오 얼굴이 떠올랐다. 가슴이 아팠다.

"태오를 죽인 놈은…… 찾아냈어?"

"예상했던 대로 스마트폰을 중고로 거래했어. IMEI를 이용해서 추적한 끝에 범인을 알아냈어."

"그 범인이 누군데? 어떤 새끼야? 조서준? 아니면 신준영? 최동민?"

홍구산이 내 눈을 뚫어져라 보았다. 나는 그 시선을 피하지 않았다.

"오재일이라고 알지?"

"오재일? 그 찐따?"

야구 방망이로 뒤통수를 가격당한 것 같았다.

"조금 전에 경찰이 오재일을 체포했어. 살인 혐의로. 곧 경찰에서 너한테 증언하라는 요청이 갈 거야. 네가 마지막으로 통화할 때 장태오가 어땠는지 증언하면 돼."

"오재일이 왜?"

내 질문은 어리석었다. 장태오는 적을 많이 만들었다. 도박하다 보면 원한을 살 일이 무수히 많아진다. 장태오는 도박에 중독된 보통 10대들보다 원한을 살 만한 짓을 많이 했다. 오재일은 초기에 장태오를 따라서 도박한 놈이다. 그러다 빚을 졌고 도박할 돈을 마련하려고 별의별 짓을 다 저질렀다. 장태오가 조직을 만든 시기는 나를 도박에 끌어들였을 때쯤이었다. 나는 초기에 조직에 포섭된 고객이었다. 오재일은 나보다 앞서 장태오에게 장악당한 호구였다.

그날, 오재일도 장태오 주변을 맴돌았다. 다들 장태오를 추적하는 데 실패했지만, 오재일은 성공했다. 오재일은 공사장까지 따라갔다. 그곳은 공사가 중지된 현장으로 그 흔한 CCTV도 없었다. 알파는 일부러 그런 장소를 골랐다. 장태오가 선 자리는 가림막도 없었다. 그 장소도 알파가 고른 곳이었다.

오재일은 자살하려는 장태오를 가까이서 지켜보았다. 장태오가 자살할 낌새를 보이자 무척 기뻐했다. 그러나 기대와 달리 장태오는 자살하지 않았다. 마약 문제가 해결되었다는 연락을 받았다. 잃어버린 대장 자리도 되돌려 주겠다는 약속을 받았다. 장태오는 긴장이 풀리며 다리에 힘이 빠졌다. 더구나 하루 내내 아무것도 먹지 않은 상태라 힘도 없었다. 털썩 주저앉아 나에게 전화했다. 나와 통화할 때 오재일이 몰래 뒤로 다가갔다. 전화를 끊고 장태오는 움직이려고 했다. 그러나 기운이 없어서 몸을 바로 추스르지 못했다. 그 순간에 오재일은 그대로 장태오를 밀어 버렸다. 장태오는 힘이 풀린 상태에서 저항도 못 하고 아파트 아래로 떨어졌다.

나중에 들은 바에 따르면 오재일은 마지막에 이렇게 말했다고 한다.

"넌 내 인생을 망쳤어. 너만 아니었으면 도박하지 않았을 거야. 죽으러 왔으면 곱게 죽지. 왜 안 죽고 지랄이야."

장태오는 떨어지기 직전에 스마트폰을 놓쳤다. 오재일은 장태오 스마트폰을 챙겨서 그 자리를 떠났다. 오재일은 스마트폰을 버리지 않고 유심칩만 빼낸 뒤 중고거래를 했다. 참으로 멍청한 짓이었다. 자신이 그 현장에 있었다는 증거를 없애지 않고 팔아먹을 생각을 하다니……. 홍구산 말이 맞았다. 도박중독자는 제대로 된 사고를 못 한다. 나도 늘 그랬다. 나는 제대로 판단한다고 믿었지만, 도박에 빠지는 순간부터 내 판단은 늘 엉망이었다.

나는 도박을 끊었다. 상담도 꾸준히 받았다. 경찰에 나가 진술도 했다. 내 스마트폰은 증거품으로 압수되었다. 나는 스마트폰 없이 지냈다. 나는 방학 내내 열심히 공부했다. 특히 수학 공부에 집중했다. 내가 수학 공부를 하게 된 계기는 상담 선생님이 하신 말씀 때문이다.

"영화 『머니볼』을 꼭 봐. 그 영화를 보면 네가 좋아하는 야구에 수학이 얼마나 큰 영향을 끼치는지 잘 담겨 있어. 이런 말이 있지. 도박에 거는 돈은 수학을 모르는 이가 도박장에 바치는 기부금이며, 복권을 사는 돈은 수학을 모르는 이가 정부에 따로 바치는 세금이라고."

선생님이 권해 주신 영화를 보았다. 확률과 통계가 얼마나 엄청난 힘을 발휘하는지 생생하게 느낄 수 있는 영화였다. 영화에서 받은 깊은 울림은 자연스럽게 나를 수학 공부로 이끌었다. 도박과 관련이 깊은 확률부터 공부했다. 뒤이어 통계도 열심히 파고들었다. 확률과 통계를 공부하면서 선생님이 하신 말씀을 이해했다.

수학을 공부하니 도박이 도박꾼에게 얼마나 불리하게 설계된 구조인지 이해할 수 있었다. 도박꾼은 도박판 운영자를 절대 못 이긴다. 확률과 통계는 그것을 말해 주었다. 도박중독자는 자신만은 확률과 통계에서 벗어나 특별한 행운을 누릴 것이라고 믿는다. 자신은 남과 다르게 대박을 터트릴 것이라고 믿는다. 멍청하고 어리석은 믿음이다. 수학을 모르는 사람이 빠지는 황당무계한 '미신'이다.

지구에 살면서 나만 중력에서 벗어날 수 있을까? 불가능한 일이다. 중력은 누구에게나 영향을 끼친다. 중력에 예외는 없다. 도박도 마찬가지다. 도박은 수학이 지배한다. 수학은 중력과 같은 힘을 발휘한다. 중력은 지구를 지배하고, 수학은 도박판을 지배한다. 도박판에 끼어들면 누구나 망한다. 도박판에 예외는 없다.

누가 왜 수학을 공부하느냐고 물으면 나는 이제 그 답을 명확하게 해줄 수 있다.

'수학은 도박으로 대박을 터트리겠다는 어리석은 꿈을 꾸지 않게 막아 준다고.'

손 내미는 용기

이 이야기는 하고 싶지 않았다. 절대 하고 싶지 않았다. 그러나 할 수밖에 없다. 알다시피 알파는 윤도균이다. 그러나 오메가가 누구인지는 몰랐다. 홍구산은 윤도균과 대화를 나누며 오메가가 누구인지 알았다고 했지만, 나에게는 밝히지 않았다. 한참 후에야 홍구산이 나에게 오메가가 누구인지 알려 주었다.

"윤도균은 사업 수완이 좋아 조직을 잘 관리했어. 오메가에게는 그런 능력이 없었지. 모든 능력을 다 갖췄다면 오메가가 윤도균을 끌어들이지도 않았을 거야. 자신에게 부족한 능력을 채워 줄 사람을 골랐고, 그게 윤도균이었어. 실제로 윤도균은 취미 생활을 하듯이 조직을 만들고 관리했어. 필요한 정보는 오메가가 다 제공했고. 오메가는 스마트폰에 심어 놓은 프로그램을 이용해서 필요한 정보를 다 빼냈지. 아이들이 자기 손에 놀아나는 꼴을 보며 윤도균은 욕구가 채워지는 기쁨을 맛보았고. 그러다 장태오가 선을 넘자 자기 힘을 써 본 거야. 원래는 조심스러운 놈인데 자극에 깊이 젖어 들다 보니 더 강한 자극을 찾게 된 거지."

그러고 보면 윤도균도 나와 마찬가지로 중독자였다. 내가 도박에 중독되었다면 윤도균은 힘에 중독된 점만 달랐다.

"윤도균과 대화하면서 오메가가 누구인지 알았다고 했잖아. 도대체 어떻게 안 거야? 주의 깊게 대화를 들었지만, 전혀 모르겠던데……."

"윤도균을 만나기 전에 네 스마트폰을 분석한 자료를 받아 봤어. 그 안에는 네 스마트폰에서 정보를 빼 간 해킹 프로그램을 분석한 내용도 들어 있었는데 결론이 뜻밖이었어. 나는 당연히 해킹 프로그램을 폭력 조직과 결탁한 전문 프로그래머가 만들었다고 생각했어. 그런데 자료를 보니 치밀하기는 한데 몇 가지 허점이 보인다는 거야. 실력은 좋은데 경험이 부족한 아마추어가 저지르는 실수 같은 거지."

"그 정도로 오메가가 누구인지 안다고?"

"당연히 모르지. 해킹 프로그램을 만들 줄 아는 아마추어는 셀 수 없이 많으니까. 그런데 윤도균을 만나 대화를 나누다가 알아챘어."

"나도 계속 들었지만 전혀 모르겠던데."

"질문을 제대로 안 했기 때문이야."

"제대로 된 질문?"

"질문을 제대로 하면 답은 쉽게 나와."

"어떤 질문인데?"

"오메가는 윤도균처럼 조심성 많은 녀석을 어떻게 설득했을까?"

"그게…… 오메가를 알아낸 질문이었다고?"

질문을 제대로 하면 답이 나온다는데, 아무리 그 질문을 곱씹어도 답이 나오기는커녕 실마리조차 잡히지 않았다.

"요즘 같은 시대에는 인터넷상에서 무수한 인연을 맺으니 오메가는 어렵지 않게 윤도균을 찾아냈겠지. 그렇지만 설득하기는 쉽지 않았을 거야. 윤도균을 잘 아는 사람만 가능한 설득이고 거래 조건이었어. 물론 윤도균은 오메가가 누구인지 전혀 몰랐지만, 자기 욕망을 속속들이 알고 그 욕망을 실현할 방법을 제시하니 설득당했지. 윤도균은 불법이라는 인식보다는 재미있는 장난을 친다고 여겼을 거야. 무엇보다 자신이 돈과 얽히지 않으면 위험하지 않을 거라고 판단했어. 실제로 돈은 오메가가 다 관리했지. 윤도균은 집이 부자라 돈에는 관심조차 없기에 가능한 거래였어. 인터넷상에서는 웬만큼 흔적을 많이 남기지 않는 한 숨은 성향을 파악하기가 쉽지 않아. 성향을 알았다고 해도 오메가가 원하는 능력을 윤도균이 갖추었는지는 또 다른 문제야. 능력이 부족하면 오메가가 원하는 결과를 얻지 못할 테니까. 그렇다면 결론은 하나야. 오메가는 윤도균을 바로 옆에서 오랫동안 지켜본 덕분에 어떤 성향인지, 어떻게 하면 설득이 가능한지, 어떤 거래 조건을 제시하면 되는지, 또한 자기가 필요한 능력을 갖추었는지 정확히 알았던 거야."

"그래서 오메가가 누군데?"

"프로그램을 잘 다루는 아마추어 실력자, 윤도균을 오랫동안 지켜본 사람, 가정 형편이 어려워져서 자신이 원하는 공부를 더 하려면 돈이 꼭 필요한 사람. 거기에 아버지가 도박중독자여서 누구보다 도박을 잘 아는 사람……."

홍구산이 이름을 말하지는 않았지만 내 머릿속에 한 사람이 떠올랐다.

"설마?"

"그 설마가 맞아."

나는 강하게 부정했다. 절대 아니라고 소리쳤다.

"내가 이미 만났어. 오메가는 처음에는 발뺌했지만, 자극을 주니 곧바로 분노에 차서 아버지 욕을 쏟아 냈어. 아버지가 도박중독자거든. 나는 이미 그럴 거라고 짐작했어. 아마 누구에게라도 그 이야기를 털어놓고 싶었을 거야. 오메가는 어릴 때부터 도박에 중독된 아버지를 보고 자랐대. 그 때문에 누구보다 도박을 싫어하고, 한편으로는 누구보다 도박을 잘 알게 되었지."

"도박을 그렇게 싫어하면서 왜 그랬대? 걔가 도대체 왜?"

"넌 왜 나쁜 짓을 저질렀어?"

홍구산이 반문했다.

"그야 도박에 쓸 돈을…… 아!"

말문이 막혔다.

"아슬아슬하게 다니던 학원까지 다 끊어야 할 만큼 집안 경제가 엉망이 되었고, 삶은 벼랑 끝으로 몰렸어. 도박을 저주하던 오메가가 눈에 시시덕거리며 도박을 게임처럼 즐기는 놈들이 들어왔지. 도박이 얼마나 무서운지 모르고 마치 가벼운 게임처럼 달려들어 돈을 쓰는 놈들을 보며 이 계획을 떠올린 거야. 누구보다 잘 아는 전문 분야가 도박이니까. 오메가는 아이들을 어떻게 이용해야 하는지, 어떻게 하면 도박에 중독되는지 잘 알았어. 도박꾼들이 우연이라고 믿는 초심자의 행운조차 프로그램에 삽입하라고 제안한 게 오메가야. 초심자일 때 크게 이기면 더 심하게 중독된다는 점을 대놓고 이용한 거지. 돈을 빌려주고 받는

소년 프로파일러와 도박의 유혹

구조, 돈을 받아 내는 방법 등도 모두 오메가에게서 나왔어."

내게 처음 도박을 경고했을 때, 예은이는 이미 그런 계획을 다 세워 놓았던 것일까? 그러고는 나에게 위험을 경고했던 것일까?

"오메가는 꽤 많은 돈을 벌었어. 도박 수수료도 일부 챙겼고, 이자에서 자기 몫도 챙겼지. 그런데도 자금 흐름을 쫓지 못한 건 대포통장에, 해외계좌를 이용하고 암호화폐(코인)까지 사용했기 때문이야. 아마 오메가는 자기가 번 돈도 모두 암호화폐로 바꿔 놓았을 거야. 암호화폐는 본인이 아니면 확인이 힘드니 경찰도 추적하기가 쉽지 않아. 오메가는 아마도 성인이 되고 공소시효가 끝나면 그 돈을 현금화하겠지."

한 명은 지배욕, 한 명은 돈 때문에 이런 일을 벌였다. 그 때문에 수많은 아이가 망가졌다. 그렇지만 나는 그 둘을 욕할 수가 없었다. 나도 그 범죄에 가담했기 때문이다. 무엇보다 이 모든 범죄는 탐욕스러운 어른들 때문에 빚어진 것이다. 내 친구는 그 탐욕을 이용했을 뿐이다.

"오메가는 무척 똑똑했어. 내가 이제껏 만나 본 그 어떤 천재보다 더. 아마 성인이 되면 큰 회사에서 너도나도 채용하겠다고 나설 거야. 사연을 들은 슬비 할아버지조차 바로 탐을 낼 정도였으니까. 오메가는 내가 왜 찾아왔는지도 금방 알아챘어."

"경찰에 자수하라고 권했어?"

"말했듯이 내 목표는 순진한 청소년들을 도박에 끌어들여서 인생을 망가뜨리고 돈을 버는 파렴치한 어른들을 잡는 거야. 그자들을 잡으려면 오메가가 필요했어.”

“그럼…… 예은이도 도균이처럼 처벌받는 거야?”

“경찰에게 아무것도 털어놓지 않고 협상을 벌이는 중이래. 오메가는 자신이 조직폭력배와 사채업자, 도박 프로그램 개발자들을 모조리 잡게 해 주는 조건으로 자신은 빼 달라고 요구한대. 중3 여학생이 그런 조건을 내걸고 경찰과 협상을 벌이다니, 대단한 배짱이야.”

나는 고개를 갸웃했다. 묻고 싶은 질문이 떠올랐지만, 선뜻 입에서 떨어지지 않았다. 홍구산은 다시 미묘한 웃음으로 그 답을 대신했다.

“내가 경찰이라면 그 제안을 받아들일 거야. 중3 여학생 한 명을 잡아넣는 것보다 성인 범죄 조직을 붙잡는 게 훨씬 중요하니까.”

＊　＊　＊

서예은은 여름 방학이 끝나도 학교에 나오지 않았다. 전학을 갔는지, 학교를 그만두었는지, 아니면 범죄자로 처벌을 받았는지 등은 전혀 모른다. 선생님뿐 아니라 홍구산도 더는 말해 주지 않았다. 얼마 뒤, 대규모 도박 폭력 조직과 프로그램 개발자, 사채업자 등을 검거했다는 뉴스를 접했다. 나는 서예은이 제시한 거래를 경찰이 받아들였다고 믿었다. 윤도균은 돈으로 비싼 변호사를 샀고, 그 덕분에 소년원에 갇히는 처벌을 피했다는 소식이 전해졌다. 역시 돈은 힘이 셌다.

소년 프로파일러와 도박의 유혹

나는 도박을 완전히 끊고 새사람이 되었다. 내가 저지른 죄를 경찰에다 털어놓았다. 자수하고 진실로 반성하는 점을 고려해서 강한 처벌은 면했다. 상담 선생님은 내게 도박 예방 교육에 쓸 영상을 찍으면 어떠냐고 제안했다. 나는 그러기로 했다. 그것이 내가 저지른 잘못을 조금이라도 갚는 길이라고 여겼기 때문이다.

나는 영상에서 내 경험담을 들려준 뒤 마지막에 이렇게 말했다.

"친구들, 누구나 잠깐 실수할 수는 있어. 살아가면서 실수는 누구나 해. 나도 큰 실수를 했어. 그리고 실수는 바로잡으면 돼. 혼자 바로잡기 힘든 실수라면 주변에 도와 달라고 해. 도움을 받는 건 약하다는 증거가 아니야. 도움이 필요할 때 손을 내미는 것이 진정한 용기야."

소년 프로파일러와
도박의 유혹